전쟁을 이긴 두 여인

전쟁을 이긴 두 여인

홍상화 소설

한국문학사

"오늘 아침 「외숙모」, 「어머니」 두 단편을 수정해서 EMS로 보냈다. 이젠 자신하고 만족한다. 마지막 수정 절차만 거치면 너희 다음 세대가 읽을 소설이다……. 드디어 내 사후에 남을 만한 소설을 썼다고 자신한다."

이상은 내가 루앙프라방(라오스)에서 그곳의 장기 체류를 알선해준 넷째 딸에게 보낸 문자 메시지이다.

내가 두 소설에 대해 왜 그런 자신을 보였는지 모르겠다. 아마도 두 소설 공히 20여 년 전에 처음으로 원고지에 옮겨졌기 때문에, 이젠 내 나이 때문이라도 더 이상 향상시킬 수 없다는 잠재의식이 있었는지도 모르겠다.

이효석의 단편소설 「메밀꽃 필 무렵」이 옛날 장터를 경험하지 못한 우리 세대에 장터에 얽힌 애환을 느끼게 했듯이, 이 두 소설도 동족상잔의 전쟁을 잊어버린 세대에 전쟁이 가져다준 또 하나의 삶의 진실을 경험하게 할 수 있다면 더 이상의 바람이 없겠다.

그렇지만 이것이 단순히 나의 지나친 바람으로만 끝난다고 하더라도 크게 실망할 일은 아니다. 그것은 내가 인생살이에서 경험한 수많은 실패 중의 하나에 지나지 않고, 그리고 이제는 더 많은 실패를 경험할 시간도 없기 때문이다.

그렇기는 하지만 아쉬움은 남을 것이다. 혹독한 전쟁을 겪은 지 60년밖에 안 됐는데, 왜 우리는 「메밀꽃 필 무렵」처럼, 아직도 전쟁을 소재로 해 널리 읽히는 단편소설이 없느냐? 하는 아쉬움이 바로 그것이다.

2014년 2월

홍상화

차례

외숙모

1

일요일 아침, 나는 집필실 유리벽을 통해 들어오는 초겨울 햇살을 온몸에 받으며 시끌벅적한 여의도광장을 내려다보고 있었다.

아침 일찍 집을 나설 때 오늘만은 뭔가 쓸 수 있기를 기대했었다. 집필실이 있는 건물이 평일에도 글을 쓰지 못할 만큼 시끄럽지는 않았으나, 그래도 일요일은 무언가 여느 날과 다를 줄 알았다. 그러나 집필실에 온 지 벌써 두 시간이나 지났으나 원고지는 텅 빈 채 그대로였다.

그때 요란한 전화벨 소리가 집필실을 뒤흔들었다.

"여보세요."

"현 선상님 계십니껴?"

경상도 사투리가 짙게 묻어나는 중년 여인의 목소리였다.

"네, 전데요."

"지는예……."

그녀는 한참을 뜸들이다가 다시 말을 이었다.

"우째 설명을 할꼬…… 저, 성백희라고 기억합니껴?"

성백희…… 성백희…… 내 외가가 성씨이고 백자 돌림이 내 외삼촌뻘이 된다는 것은 기억났으나 누군지는 쉽게 떠오르지 않았다.

"글쎄요…… 누구신지요?"

"선상님 외삼촌이 성백희 씨 아닙니껴!"

그제서야 6·25전쟁 전 내가 아홉 살 때 본 외삼촌의 모습이 어렴풋이 떠올랐다.

"네, 알겠어요……. 그런데 누구시지요?"

"지는예…… 지는…… 우예 설명을 해야 할지……."

"…….”

"성백희 씨가 제 남편이었십니더."

"네?"

나는 깜짝 놀라 하마터면 송수화기를 떨어뜨릴 뻔했다.

"외숙모님이시군요."

"예…….”

"지금 어디 계세요?"

"여기 한강 유람선 여의도 선착장입니더. 대구에서 친구들하고 환갑 나들이 서울 관광을 와서예."

"괜찮으시다면, 제가 지금 그리로 갈까요?"

"지금 말고예. 유람선이 곧 떠난다 카이 돌아와서 보믄 안 되겠십니꺼?"

"그렇게 하지요."

"12시에 여의도 선착장에서 기다리겠십니더."

"그럼, 이따 뵙겠습니다."

나는 전화를 끊고서도 그 갑작스러움 때문에 한참 동안 멍하니 흰 벽만 응시했다.

나의 기억에 뚜렷이 각인되어 있는 외숙모는 세상의 어느 누구보다도 아름답고 정숙한 여인의 모습이었다. 항상 머리를 단정하게 빗어 넘겨 비녀를 찌르고 옥색이나 노란 저고리에 붉은색이나 파란색의 옷고름을 맨, 스무 살 시절의 외숙모는 전형적인 한국 여성의 면모를 지니고 있었다.

그런 외숙모와 40여 년 동안 연락이 끊겼던 것에는 나름대로의 사연이 있었다.

서울에서 대학을 다니던 외삼촌은 늙으신 부모님의

권유에 따라 6·25전쟁이 터지기 전 겨울에 고향 능바우에서 혼인을 치렀다. 신부는 능바우에서 70리쯤 떨어진 점촌 양가 출신의 규수였다. 외삼촌은 능바우에서 신혼생활을 2주일도 못하고서 학교로 돌아갔다. 그런데 그 후 6·25전쟁이 터져 서울이 함락되자 인민군에 의해 의용군[1]으로 끌려간 외삼촌은 생사 여부가 확인되지 않는 처지에 놓였다.

반면 외숙모는 남편 소식을 애타게 기다리며 시부모님을 모시고 독수공방을 지켜온 것으로 안다. 그런 외숙모가 1953년 여름에 시가 누구한테도 말 한마디 하지 않은 채 옷가지를 싸가지고 집을 나갔는데, 그 사실을 나는 1952년 능바우를 떠난 지 3년여 후 우연히 들었다. 그리고 외삼촌이 아마도 북한으로 끌려간 것 같다고, 외삼촌을 마지막으로 목격한 동료 의용군이 외가에 소식을 전해주었다는 말도 들었다. 그 후 외삼촌에 대한 어떤 소식도 들을 수 없었고, 외가 식구들은 외삼촌이 북한에서나마 살아 있기를 바랄 뿐이었다.

자리에서 일어나 여의도광장이 한눈에 내려다보이는 창 쪽으로 갔다. 따스한 햇살 아래 광장에서 자전거나 롤러스케이트를 타는 아이들의 모습을 내려다보았다.

나의 눈은 어느새 초등학교 3, 4학년 정도 된 아이들의 모습을 찾기 시작하더니, 마침내 그들의 노는 모습에 붙박여 떠날 줄 몰랐다.

매서운 겨울바람이 휘몰아치는 능바우 들판이 눈앞에 그려졌다. 잘린 벼포기가 듬성듬성 보이는 얼음판 위에서 썰매를 타던 열 살 때의 내 모습이 되살아났다. 6·25전쟁이 난 후 처음 맞았던 혹독한 겨울 어느 날, 경상북도 상주에서 20리 정도 떨어진 능바우, 나지막한 산을 배경으로 백여 가구가 옹기종기 모여 있는 마을이었다.

내가 능바우에 대해 가슴속에 특별한 느낌을 품고 있는 이유는 1·4후퇴 직후부터 1년 반 동안 가족과 떨어져 그곳에 머물렀기 때문이다. 그 후 학창시절 방학 때면, 특히 겨울방학 때면 자주 능바우에 갔다. 겨울방학은 내 유년 시절에서 가장 빛나는 시기라 할 수 있다. 그래서 대구·서울·부산, 그리고 외국 등의 도시에서 인생의 대부분을 보냈지만 외가가 있는 능바우가 유일한 내 마음의 고향이라 해도 과언이 아니다.

어쩌면 인생의 대부분을 시골에서 보낸 어느 누구보다도 능바우에 대한 나의 애정은 더 깊을 것이다. 지금 다시 생각해보니 그 이유는 여러 가지가 있을 것 같다. 내가 성년이 되기 전 장기간 가족과 떨어져 있었던 유일한 경험이었다든지, 한창 감수성이 예민한 시기였던 나의 뇌리 속에 깊게 파고든 시골의 정경과 인정 때문이었다든지, 오랫동안 시끌벅적한 도시생활을 하다 보니 나이가 들면서 점차 도시에 염증을 느끼게 되었다든지, 여하튼 1년 반 동안 지낸 능바우에서의 생활은 내게 특별했다. 내 소설 여러 곳에서 배경 무대로 등장할 만큼 능바우는 내 정신세계의 원형이었다.

생각이 여기에 미치자 나는 책상으로 다가가 맨 아래 서랍을 열었다. 작가 노트를 꺼내 아직도 소설화하지 못한, 나의 능바우 생활이 묘사된 한 부분을 찾아 읽기 시작했다.

2

······열 살 난 소년에게도 1·4후퇴[2]는 찾아왔다. 집안 어른들의 의견에 따라 동생은 가족과 함께 피난을 떠나고, 소년은 부모와 떨어져 외가로 보내졌다. 자손을 하나라도

남기려면 두 형제를 따로 떼어놓아야 한다는 할아버지의 지론 때문이었다.

소년은 남편과 사별해 일찍이 혼자가 된 이모를 따라 외가가 있는 경북 상주의 능바우로 가게 되었다. 소년은 한강을 건너와 영등포역에서 곳간차에 탄 이모와 떨어져 열차 지붕 위에 앉아 갈 수밖에 없었다.

소년은 소란스럽고 몽롱한 가운데 잠이 들고 깨어나기를 반복했다. 자다가 눈을 뜨면 기차가 요란한 소리를 내며 광활한 암흑 속 들판을 가로지르고 있었다. 그럴 때면 소년은 달리는 곳간차 지붕 위에서 뛰어내려 그대로 걸어갈 수 있을 것만 같았다. 그래서 벌떡 일어나 컴컴한 들판에 발을 내디뎌보려 한 적이 한두 번이 아니었다.

하늘이 도왔는지 달리는 곳간차 지붕에서 암흑 속 들판으로 뛰어내리지 않은 소년은 김천역에 무사히 도착했다. 그곳에서 곳간차 안에 탔던 이모를 다시 만날 수 있었다. 그러고도 한참 시달린 끝에 김천에서 꽤 먼 상주에 내렸다. 그곳에서 트럭으로 20리나 북쪽으로 달려가 성씨들이 모여 사는 능바우로 가게 되었다.

마침내 외가에 도착했지만, 모든 게 낯설었다. 외할머니와 이모가 재회의 기쁨을 나누는 사이 소년은 싸리문을 나섰다. 초가들이 모여 있는 중간쯤에 텃밭이 있고, 그 밭 주위로는 엉성하게 돌로 쌓아 올린 담장이 있었다. 듬성듬성 쌓아 올린 돌담장은 그 동네의 다른 집 울타리와 같은 모양이었다. 소년은 그런 담장들을 보자 갑자기 그것을 허물어버리고 싶은 충동에 휩싸였다. 그래서 주위에 사람이 없는 것을 확인한 후 두 손으로 힘껏 돌담장을 밀어젖혔다. 장난감처럼 무너지는 우스꽝스런 담장 안에 사는 이 마을 사람들은 역시 미개인이 아닐까 하는 생각이 들자 우쭐해졌다.

그래서 소년은 동네 아이들을 마음씨만 고운 어수룩한 미개인쯤으로 취급했다. 그러나 얼마 후, 소년이 서울을 떠날 때 어머니가 준 세 벌의 옷 중 한 벌이 더 이상 입지 못할 정도로 해지자 소년도 동네 아이들 축에 끼게 되었다. 소년을 다소 어렵게 생각하던 동네 아이들도 소년에게 싸움을 걸어왔다. 때로는 얻어맞기도 했지만, 대개는 권투 흉내를 내어 동네 아이들에게 겁을 주었다. 바지저고리 시골뜨기 서너 놈의 코피를 터뜨리고 나자 소년은 싸움깨나 하는 서울내기로 대접받기 시작했다.

그런대로 두어 달이 지났다. 어느 날 면사무소에서 피난민 학생에게 혜택을 준다는 연락이 왔다. 소년이 면 소재

학교에 가보니, 면사무소 직원은 갱지 공책을 주며 교과서
를 베껴서 공부하라고 했다. 소년은 교과서는 없더라도 그
까짓 바지저고리 놈들한테 뒤질 수 없다는 생각에 이를 악
물고 공부와 씨름했다.

　예상했던 대로 나이 많은 바지저고리 촌놈들과 비교해
서울놈이 나은 데가 있었다. 무엇보다도 3학년 반 아이들
중에 '의'자 발음을 제대로 할 줄 아는 아이는 소년밖에 없
었다.[3] 담임선생님은 비슷하게나마 발음했으나 얼마 후에
는 선생님도 자신의 능력에 한계를 깨달았는지 '의'자가 나
오면 소년에게 발음을 시켰다. 어깨가 으쓱해지지 않을 수
없었다. 면 소재 학교에서 피난민 학생으로 지내는 동안
한 글자, 즉 '의'자 발음이 소년에게 자부심을 불어넣어주
었다고 할 수 있었다.

　그러는 사이 어머니가 미군 담요로 만들어준 소년의 옷
들이 검은색 솜바지와 솜저고리로 바뀌었다. 그 무렵 희한
한 변화가 생겼다. 인민군이 퇴각할 때 그들을 따라간 부
모들 집안의 아이들이 패거리를 지어(사실 능바우 대부분의
집안이 그런 처지였다) 소년을 그들의 가상의 적으로 만들어
버린 것이다. 그들에게는 희멀건 얼굴의 서울 소년이야말
로 적으로 삼기에 안성맞춤이었을 것이다. 그 일로 소년은

18

얼마간 외톨이로서 냇가에서 홀로 우두커니 앉아 있곤 했다. 그때서야 소년은 처음으로 부모가 그리워지기 시작했다. 사실 그전까지는 처음 맛본 시골생활에 매혹되었고, 동네 아이들도 서울 손님으로서 특별히 대해주었기 때문에 부모를 그리워하는 마음이 그리 크지 않았었다.

어느 날 소년은 우연히 동네 아주머니들의 이야기를 듣게 되었다. 그리고 부모와의 소식이 끊겨 자신이 이제 고아가 된 것을 알았다. 그때부터 소년의 눈에 모든 사물이 새로운 형태로 비치기 시작했다. 단순히 물고기들의 서식처로만 여겨왔던 동네 앞 시내가 몹시 처량하게 보였다. 밤길을 밝혀주는 고마운 존재로 알았던 둥근 달이 그때부터 슬픈 빛을 띠기 시작했다. 따스한 구들 위에서 지내면 되었던 한겨울이 살을 에는 매서운 들바람으로 느껴지기 시작했다…….

그러던 어느 날, 소년을 버릇없는 놈으로 보던 동네 어른들의 눈이 갑자기 다정한 눈빛으로 바뀌었다. 소년의 아버지가 살아서 아들을 데리러 온 것이다. 문간에 모여선 동네 어른들 사이를 지나 집에 들어갔을 때 동네 아낙네들이 특히나 다정스럽게 굴었다. 한 아낙네가 머리를 쓰다듬으며 아버지가 와 계시니 사랑방으로 가보라고 일러주었

다. 이상하게도 소년은 조금도 기쁘지 않았다. 아버지의
갑작스러운 출현에 오히려 적개심이 일었다. 하지만 소년
은 아낙네가 시키는 대로 사랑방으로 가보았다. 열린 사랑
방 문틈으로 시골에서는 볼 수 없는 멋진 양복을 입고 까
만 머리를 반들반들하게 빗어 넘긴 아버지가 보였다. 비록
헤어진 지 1년 반밖에 되지 않았으나 아버지의 모습이 너
무나 낯설게 느껴졌다. 다음날 아침 소년은 아버지의 손을
잡고 능바우를 떠났다.

내가 열 살 적 1·4후퇴 때 능바우 외가로 가게 된 사
연과 그곳에서 보낸 1년 반 동안의 삶이 묘사된 부분을
읽고 나자 내 눈가가 조금 젖어 들었다.

나는 다시 자리에서 일어나 한쪽 벽을 가득 채운 책
장으로 다가갔다. 수년 전 분단을 주제로 쓴 장편소설
을 꺼내 들고 뒷부분을 찾아 읽기 시작했다. 외숙모가
소설 속에 등장하는 부분이 문득 떠올랐기 때문이었다.

……성의식의 미망인 소식은 가슴 아픈 것이었다. 성의
식의 부인은 신접살림 몇 달 만에 의용군으로 끌려간 남
편 대신 시부모님을 모시고 평생을 청상으로 지낼 각오를

했다.

그녀는 조금도 슬프지 않았다. 혼자 달랑 외가로 피난
와 고아가 된 큰시누이의 열 살 된 아들과 평생을 지내기
로 단단히 마음먹었기 때문이다. 낮에는 들일을 나가 그
아이에게서 국군과 인민군의 군가를 배웠고, 밤에는 등잔
불 밑에서 아이에게 유행가를 가르치며 함께 소리 죽여 불
렀다. 갈수록 정이 더해지던 어느 날, 죽은 줄 알았던 아이
의 아버지가 나타나 아이를 데려갔다. 그날 밤 유난히 휑
뎅그렁해진 방에 앉아 있으려니 온통 세상이 무너지는 듯
한 슬픔과 외로움이 몰려왔다. 그녀는 더 이상 견딜 수가
없어 집을 뛰쳐나왔다. 지나가는 버스를 무작정 세워 올라
탔다.

운전기사가 종점이라고 하는 곳에 내리기는 했지만 밤
길이라 어디가 어딘지 분간할 수 없었다. 어쩔 수 없이 그
운전기사가 안내하는 여인숙에 들었다. 바로 그때의 운전
기사가 지금의 남편이었다. 나중에 알고 보니 새 남편은
밤낮없는 술주정에 걸핏하면 살림을 부수고, 심지어는 손
찌검까지 했다. 그럭저럭 30년 가까이 참으며 딸 하나와
그 아래로 두 아들을 두었다. 미망인은 몇 년 전 공장에 취
직을 하겠다고 서울로 간 딸이 언제부턴가 짙게 화장한 얼

굴로 고향을 찾아오고, 시집갈 생각은 아예 하지도 않는다고 걱정했다.

이 부분에 등장한 성의식은 바로 나의 외삼촌이 모델이고, '혼자 달랑 외가로 피난 와 고아가 된 큰시누이의 열 살 된 아들'은 바로 나 자신이 모델이다. 이 인용문에는 성의식의 부인, 즉 조금 전 전화를 걸어온 외숙모의 인생을 재혼하여 불행하게 된 일생으로 그렸는데, 내가 그렇게 픽션화한 이유는 정확히 알 수 없다. 막연히 행복한 인생을 살았을 것 같지 않았으며, 또한 분단의 아픔을 주제로 한 소설이었으므로 민족상잔이 망가뜨린 또 하나의 삶을 예로 들었던 것 같다.

매우 흥미로운 부분은 내가 아버지 손에 이끌려 능바우를 떠남으로써 외숙모가 외로움을 견디다 못해 가출했다고 암시한 점이다. 내가 그곳을 떠나고 3년 후에 우연히 외숙모의 가출을 알게 되었지만, 왜 그렇게 추측했는지 지금 아무리 생각해보아도 알 길이 없다.

그리고 여기에 나와 외숙모가 함께한 생활이 묘사되어 있는데 그건 대부분 사실 그대로였다. 낮에 둘이서 들판에 나가면 내가 외숙모에게 국군가와 인민군가를 가르쳐주었고, 밤에는 신방으로 차린 골방에 앉아 등 잔불 밑에서 외숙모가 나에게 유행가를 가르쳐주었다. 스무 살 새색시와 열 살 소년 사이의 아기자기함 속에 서 1년 반이라는 세월을 함께 보냈다. 그것은 비록 짧 은 기간이지만 평생 잊지 못할 만큼 각별한 기억으로 내 가슴속에 남아 있었다.

3

오전 내내 원고지를 대했으나 몸만 비틀다가, 결국 원고지 한 장을 억지로 채우고 나서 외숙모와 약속한 시간보다 한 시간 정도 일찍 집필실을 나섰다. 한 시간 동안 한강 둔치를 걸은 후 외숙모와 만날 작정이었다.

집필실을 나와 번잡한 사거리의 신호등을 서너 번 건 넌 후 곧바로 한강시민공원으로 들어섰다. 스산한 초 겨울 바람이 내리쬐는 햇볕을 시샘이나 하듯 나의 몸에 싸늘하게 와 닿았다. 60여 년 만에 찾아온 홍수가 무자 비하게 할퀴고 간 엉성한 잔디밭을 지나가면서 다시 초 록으로 물들여질 내년 봄을 머릿속에 그려보았다. 둔치 위에 잠시 멈추어 유유히 흐르는 강물에 시선을 보냈다. 순간 홍수가 났을 때 텔레비전 화면에서 보았던 한강이 떠올랐다. 분노에 차 용솟음치던 그때의 모습이 도무지 믿어지지 않을 정도로 평온해 보였다. 어떠한 고통을 당하더라도 본래 자기의 모습으로 돌아올 수 있는 강이 부러웠다. 사람도 그럴 수 있다면 얼마나 좋을까? 하지만 불행히도 사람은 본래의 모습으로 돌아오기는커녕 고통이 남긴 골을, 흐르는 세월이 더 깊게 파고 있지 않은가?

나는 흐르는 물에 보냈던 시선을 오른쪽으로 돌렸다. 저 멀리 선착장이 시야에 들어왔다. 시계를 보니 11시 10분, 아직도 약속시간까지 50분이 남아 있었다. 둔치를 따라 걷기 시작했다. 한강 양편의 차도 위에는 수많은 차들이 빽빽이 들어서 서울의 대기를 오염시키고 있었다. 그러나 한강은 그러한 문명의 이기가 미치지 못할 그 무엇인 양 당당히 흐르고 있었다.

몇 해 전부터 글이 써지지 않을 땐 무작정 걷는 버릇이 생겼다. 오늘도 그 습관대로 걷고 또 걸었다. 처음 얼마 동안은 오전 중에 메운 원고지에서 빠져나오질 못했다. 그러다가 시간이 지나면서 앞으로 채워질 원

고지 위를 자유롭게 거닐기를 바라며 계속해서 걸어나
갔다.

　얼마를 걷다가 햇빛을 놓쳐버렸다. 한강대교 밑이었
다. 곧이어 머리 위 철교에서 철커덕철커덕 하는 굉음
이 들려왔다. 철마(鐵馬)가 꽁무니에 아무것도 달지 않
은 채 몸뚱이만 달랑 철교 위를 지나가고 있었다.

　나의 머릿속에는 광활한 대평원 위를 힘차게 치닫는
한 마리의 야생마가 새겨졌다. 그것은 바로 모든 인간
이 끝없이 갈구하는 자유라는 단어를 가장 잘 설명하
는 듯했다. 나는 오랫동안 찾아 헤맸던 그 무엇을 찾은
듯이, 철교를 따라 움직이는 한 마리의 야생마를 황홀
한 시선으로 좇았다. 철커덕 소리가 점점 멀어지더니
마침내 완전히 사라져버렸다. 못내 아쉬웠다.

　한강철교 반대편 끝을 한참 동안 응시하다가 철교를
떠받치고 있는 콘크리트 받침대의 행렬에서 시선이 멎
었다. 한강철교를 좌우로 떠받치고 있는 받침대 중간
에는 강물을 밑바닥으로 한 큰 동굴을 이루고 있었다.
그 긴 동굴은 밑바닥을 지나가는 강물이 출렁거리자
마치 거대한 용의 허리인 양 꿈틀거리는 듯했다.

　순간적으로 그 거대한 용의 몸체가 나를 덮치는 느

낌이 들자 온몸이 떨렸다. 40년 전 어느 날 살을 에는 강풍을 헤치며, 수많은 사람들 속에 섞여 얼음 위를 걸어 나오던 열 살 소년의 모습이 되살아났기 때문이었다. 1·4후퇴 때 이모의 손을 꼭 잡고 엿가락처럼 휘어진 한강철교 옆을 건너던 바로 그때의 내 모습이었다.[4] 나는 무엇에 쫓기는 사람처럼 얼른 그곳을 빠져나왔다.

외숙모는 그동안 어떤 인생행로를 걸어왔을까? 생전 한 번도 보지 못했던 한 살 위의 신랑과 혼례식을 치르고 보낸 2주일의 짧막한 신혼생활, 서울에서 대학을 다니는 신랑을 그리며 손꼽아 기다렸던 여름방학, 매미 소리가 찌는 듯한 더위와 입씨름할 때쯤이면 돌아올 남편에게 들려줄 그 많은 이야깃거리를 가슴속 깊이 간직했는데…… 청천벽력과 같은 전쟁 소식, 곧이어 남편이 의용군으로 끌려갔다는 충격적인 소식이 들려왔다. 그러나 남편이 무슨 수를 써서라도 곧 돌아오리라는 믿음으로 하루하루를 지내는 사이…… 어느 해보다도 무더웠던 여름, 동네 앞을 지나는 수많은 인민군들 속에서 남편의 모습을 찾으며 뜨는 해와 달을 보다가…… 어느새 시원한 가을바람이 불기 시작하면서 마

26

을 앞을 뒤흔들어놓는 탱크들 위에 앉은 미군들의 모습이 돌담 사이로 보였다. 곧이어 다시 마을이 조용해지면서 새색시의 여린 가슴은 쪼그라들기 시작했다. 높은 산을 넘어와 들녘을 지나는 매서운 겨울바람도 남편의 소식을 전해주지 않았기 때문이다.

그러던 차 서울에서 반가운 사람이 찾아왔다. 작은시누이와, 큰시누이의 열 살 된 아들이었다. 그러나 남편의 소식은 없었다. 그래도 절망은 잠시뿐, 시부모님을 정성껏 모시면서 희망을 버리지 않았다. 그렇게 봄 여름이 지나면서 남편 소식 대신 큰시누이네 가족 소식이 들려왔다. 피난통에 행방불명되었다는 것이다.

가을을 지나 겨울을 맞으려 할 즈음, 온 세상이 적막 속에 잠든 한밤중에 문풍지 사이로 스며드는 찬바람이 그녀의 가슴을 후벼파기 시작했다. 그럴수록 그녀는 이를 악물었다. 어떠한 고통이 있더라도 참고 견뎌야 한다고 자신에게 다짐하고 또 다짐했다. 그러면서 시부모님을 비롯해 말 한마디 마음대로 할 수 없는 어려운 사람들 속에 살면서 이제 고아가 된 큰시누이 아들에게 온갖 정을 쏟았다. 남편이 돌아올 때까지, 언제가 될지는 몰라도, 그때까지 우리 같이 살자고 곤히 잠든 소년 옆에서 바느질을 하며 속으로 다짐했다. 그러나 봄이 지나고 여름이 오자 행방불명되었던 소년의 아버지가 살아 돌아왔다. 소년은 아버지의 손에 끌려 훌쩍 그녀의 곁을 떠나갔다.

그녀를 숨 쉬게 했던 대기를 그 소년이 주머니 속에 넣고 가버린 듯, 그녀는 숨 쉬는 것조차 힘들어졌다. 그리고 얼마 후 절망의 수렁에서 빠져나와 남편과 소년이 없는 시집 살림에 자신을 길들일 즈음, 또 다른 소식이 그녀의 목을 졸라매기 시작했다. 휴전 소식이었다.

한껏 부푼 내 상상의 날개는 이내 푸드득 땅으로 곤두박질쳤다. 그리고 나는 무의식 속에 옮겨놓던 발길을 뚝 멈추고 출렁이는 강물에 시선을 보냈다. 출렁이는 물결이 순간 큰 파도처럼 다가왔다. 나는 속으로 중얼거렸다. 운명의 신이 눈곱만큼의 자비심이라도 있다면 이러한 외숙모에게 또 무슨 못된 짓을 할 수 있겠느냐고. 설령 그녀가 시집을 떠났을지라도 그 도주가 그녀에게 행운을 가져다주었기를 기원했다. 어떤 행운이 그녀가 헤쳐나가야 했던 고통을 보상할 수 있을까? 40여 년 만에 만나는 외숙모는 어떤 모습일까? 시집에서 가출한 후 운명의 신이 그녀를 어떻게 이끌었을까?

4

나는 손목시계를 보았다. 11시 40분, 약속장소인 유람선 선착장으로 발길을 옮겼다. 또 하나의 의문이 끈질기게 나를 잡고 늘어졌다. 어떤 이유로 외숙모가 갑자기 시집에서 도망갔느냐는 것이었다. 이른바 현대적인 여성이나 부모들이 생각할 수 있듯이, '생과부로 늙을 수 없어'라고 간단히 답할 수도 있다. 혹은 싸구려 영화 소재처럼 누구의 꾐에 빠졌다고 할 수도 있다. 그러나 그럴 것 같진 않았다. 무언가 깊은 사연이 있을 것만 같았다. 그것이 내 호기심을 사로잡고 놓아주지 않았으며, 뭔지 모르지만 외숙모에 대한 단순한 궁금증 이상의 그 무엇이 나의 호기심을 부추겼다.

순간 이상한 느낌이 퍼뜩 나의 머리를 스쳐갔다. 직업의식의 발로일지도 몰랐다.

외숙모의 전화를 받고부터 소설가로서의 상상력이 나의 무의식 속에서, 몸속에서 꿈틀거려 왔던 것이다.

외숙모의 이야기를 소설화한다면? 나는 새로운 흥분에 휩싸였다. 소설가가 된 이후 한 가지 희망은 포기하지 않고 있던 터였다. 그것은 참혹한 전쟁을 치렀으면서도 전쟁에 얽힌 소설다운 소설을 써내지 못한 민족의 일원으로서, 나 자신이 살아 숨 쉬는 분단소설을 쓸 수 있는 마지막 세대에 속한다는 자부심 비슷한 것이었다. 열 살 소년의 눈으로 본 전쟁이 되살아나 언제고 불멸의 소설을 쓸 수 있으리라는 가능성을 확신했다. 전쟁을 경험하지 못한 전후 출신 젊은 작가들이 가질 수 없는 그 무엇을 나는 가지고 있다고 생각했다.

내가 외숙모의 머릿속과 몸속에 들어가, 40여 년 전 6·25전쟁이 나기 전부터 외숙모의 생을 다시 살 수 있다면, 그래서 외숙모의 고뇌와 절망, 희열과 희망을 직접 느끼고 그 느낌을 글로 옮길 수만 있다면 한 편의 빛나는 분단소설이 될 수도 있지 않을까? 외삼촌과 외숙모의 아픔이 수백 년 동안 살아 숨 쉬는 그런 소설 말이다. 단 2주일 동안이었던 그들의 신혼생활은 어떠했을까? 외숙모는 2주일의 신혼생활 후 생이별을 한 남편에게 어떤 감정을 품었을까?

궁금증을 해결하기 위해서는 무엇보다 내가 능바우

를 떠난 이후 외숙모의 행적을 속속들이 파고 들어가야 한다. 나는 오랜만에 희열을 맛보았다. 이제야 비로소 제대로 된 분단소설을 쓸 수 있다는 희망에 부풀어 올랐다.

선착장 대기실에 도착하니 약속시간이 다 되어 있었다. 승객 대기실을 휘둘러보았으나 예순 살 정도로 보이는 노인은 눈에 띄지 않았다. 매표원에게 물어보니 유람선이 엔진 고장으로 늦게 떠났으니 30분 후쯤에 도착할 것이라고 했다. 나는 대기실 구석의 빈 의자에 앉았다.

대기실 입구 쪽에서 왁자지껄한 소리가 들렸다. 청바지에 점퍼 차림인 한 무리의 젊은이들이 대기실로 막 들어서고 있었다. 모두가 밝은 표정들이었다. 그들 뒤를 이어 서울로 단체 관광여행을 온 듯한 다른 무리의 촌로들이 꾸부정한 허리를 지팡이에 의존한 채 띄엄띄엄 발길을 옮겨놓는 모습이 드러났다. 얼마나 대조적인가! 전쟁을 경험하지 못한 세대와 전쟁의 참혹함을 뼛속 깊숙이 간직한 세대의 뚜렷한 차이를 보여주고 있었다.

그때 외숙모를 모델로 해서 쓸 소설의 주제가 퍼뜩 떠올랐다. 전쟁으로 일생을 망친 사람들에게 뭇사람들이 갖는 무관심. 외숙모의 이야기가 아무리 좋은 소설거리가 된다고 하더라도 있는 그대로 전개해나간다면 전쟁으로 일생을 망친 한 여인의 이야기라는 너무나 흔한 소재에 머물고 말 것이다. 그러한 소재를 심도 있게 다루기 위해서는 진실이야 어쨌든, 두 가지 요소가 가미되어야 한다는 생각이 들었다. 외숙모의 삶을 비참하게 그려야 한다는 것과, 잔인할 정도로 무관심한 차세대 사람들의 정신상태를 보여주어야 한다는 것이었다.

소설가인 '나'는 전형적인 차세대 사람으로 악역을 맡게 한다. 외숙모를 어떻게 비참한 환경에 처하게 할 수 있을까? 나는 자리에서 일어나 창밖에 펼쳐진 한강을 보며 생각에 잠겼다. 그렇다. 외숙모를 미치게 하는 것이다. 그런데 어떤 이유로 미치게 할까? 나의 상상은 점점 집요해져갔다.

외숙모가 도망가자 충격을 받은 시어머니가 쓰러져 눕더니 얼마 안 있어 운명한다. 도망간 외숙모가 시어머니의 운명 소식을 듣고 자책감에 빠진다. 마침내 자책감에서 헤어나지 못하고 정신이 혼미해지다가 어느 날 갑자기 집을 떠난 후 소식이 끊긴다.

소설의 구성이 여기에 이르자 나는 흥분에 휩싸여 대기실 안을 서성거리며 담배를 빨아댔다. 연거푸 담배 두 대를 피운 후 다시 상념에 잠겼다.

외숙모는 그간 정신병원에 입원해 있었는데, 외가 식구들은 아무도 그 사실을 모른다. 그러던 외숙모가 어느 날 정신병원에서 탈출한다. 그리고 외숙모는 신문에 소설가로 소개된 '나'에 관한 기사를 읽고 '나'에게 전화한다. 마침내 둘은 40여 년 만에 상봉하게 된다.

외숙모가 그동안 어떻게 지냈는지 모르는 '나'는 곧 쓰러질 것만 같은, 웃음을 잃어버린 예순 살 노인과 마주 앉아 대화를 나눈다. 대화의 내용은 대강 이렇다.

"외숙모님, 어떻게 지내셨어요?"

"그냥 잘 지냈어예."

"어디에 계셨는데요?"

"대구에 있는 병원에서 있었어예."

"무슨 일을 하시고요?"

"병원 식당에서 일했어예."

"하는 일은 재미있으시고요?"

"재미있어예."

"말씀 낮추세요."

"우예 내가……."

"건강하시지요?"

"하마요."

"제가 무슨 도울 일이라도……."

"한 가지 있어예."

"무슨 일인데요?"

"능바우 외가에 내가 살도록 어무이한테 얘기해주이
소……. 내가 쓰던 골방만 있으면 됩니더."

"왜요? 거기서 사시게요?"

"예, 시부모님 산소나 돌보며 용서를 빌라고예. 그라
고 딴 일도 있고……."

대화의 이 시점에서 돌아가신 시부모님을 향한 외숙
모의 애틋한 심정을 '나'로 하여금 깨닫게 해야 한다고
생각했다.

능바우 외가가 현재 어머니 소유로 되어 있으므로,
'나'는 어머니에게 부탁해 외숙모를 거기에 살게 하기
로 작정한다. 그리고 '나' 자신도 능바우에 가서 당분간
가까이에서 외숙모를 지켜보면서 지내려 한다. 외숙모

의 애틋한 정황을 글로 옮기기 위해서다.

두 사람 사이에 다시 대화가 계속된다.

외숙모가 입을 연다.

"외삼촌 소식은 알고 있지예?"

"전혀 못 들었는데요."

"이북에서 잘 있십니더……. 내달 말에 서울에 온다 카데예."

"네?"

"잘 모르실 낀데, 성(姓)까지 바꿔서 진짜 모를 낍니더."

"어떻게 바꿨는데요?"

"연(延)씨로 바꿨대예……."

"……."

"외삼촌은 꼭 약속을 지키는 사람입니더……. 지가 40여 년 전 능바우를 떠나기 전 말이지예. 외삼촌이 같이 의용군으로 끌려갔던 사람 시켜서 지한테 편지를 전했십니더. 그때 외삼촌이 집을 나가라 캐서 나갔고예……. 그라고 환갑 때는 꼭 돌아와 외삼촌 환갑 잔치를 능바우 집에서 하겠다 캤십니더. 내달 말일이 외삼촌 환갑날 아입니껴? 그래서 능바우 집에서 기다릴라

꼬예."

"……."

"외삼촌이 이북에서 총리가 되었십니더. 내달에 이북 총리가 서울에 오기로 된 거 아시지예?"

"예."

"성을 바꿔도 마 나는 몬 속이는 기라예. 키가 크고 잘생긴 얼굴이 어데 갑니껴?"

"연 총리가 바로 외삼촌인가요?"

"그렇십니더. 이제 아시겠지예. 참말로 약속은 꼭 지키는 사람입니더."

둘 사이의 대화가 여기에 이르자 '나'는 외숙모가 정상적인 정신상태가 아님을 알게 된다.

소설의 구상이 여기에 이르렀을 때 유람선의 엔진 소리가 요란하게 들려왔다.

5

나는 승객이 나오는 출구로 발길을 옮겼다. 무리를 지어 모습을 드러내는 승객들 중 조금 전 머릿속에서 그려본, 삶에 찌든 환갑 정도 되는 노인의 모습을 찾았다. 먼저 젊은이들이 나온 다음 띄엄띄엄 나이 든 승객의 모습이 보이자 나는 바짝 긴장했다. 젊은이들 못지않게 떠들썩하게 웃음을 터뜨리는 중년을 넘긴 여인네들이 나타났다. 힘겨운 40여 년의 세월을 보낸 외숙모 모습을 머릿속에 그려보았다. 그런 모습의 노인은 아직 눈에 띄지 않았다.

출구 쪽에 바짝 다가서며 앞만 응시하고 있는 나를 누군가 뒤에서 부르는 것 같았다. 힐끔 뒤를 돌아보니 그곳에는 기껏해야 50대 중반을 넘지 않았을 것 같은 어떤 중년 부인이 내 쪽으로 시선을 보내고 있었다. 어리둥절해 있는 내 앞으로 그 부인이 몇 발자국 다가섰다. 그리고 나를 유심히 바라보고서야 환한 웃음을 지어 보였다. 그리고 나의 두 손을 덥석 잡으며 말했다.

"소설가 현 선상님? 맞지예?"

나는 어안이 벙벙한 채 반신반의하며 물었다.

"외숙모님이세요?"

"맞십니더."

그제서야 정신이 들어 내 손을 잡은 외숙모의 손을 포개어 두 손으로 감싸 쥐었다.

"외숙모님, 이게 얼마 만이에요? 어떻게 모습이 그대로세요?"

"무신 말씀을…… 이제 환갑내기 할매가 안 됐십니껴?"

"아니에요. 그렇게 안 보이세요."

나는 외숙모의 두 손을 이끌고 대기실 의자에 나란히 앉았다. 내 눈을 믿을 수 없어 외숙모의 옆모습을 자세히 보았다. 엷게 화장을 했으나 내가 연애 상대자로서도 마다하지 않을 만큼 젊음을 간직하고 있었다. 거기다가 어떤 험한 세파도 경험하지 않은 사람처럼 순진함이 얼굴 전체에 묻어 있었다. 외숙모는 나의 놀라움을 조금도 개의치 않고 오히려 내 얼굴을 빤히 들여다보더니 측은한 눈빛을 보냈다.

"우짜노. 우짜다가 이래 됐십니껴? 그렇고롬 예쁘장한 얼굴이 우째 이리 됐십니껴?"

외숙모는 그렇게 말하면서 반백이 된 내 머리에 눈길을 보냈다.

"우짤꼬. 소설 쓰는 게 그레 힘듭니껴? 머리도 다 세었네예."

"머리가 셀 나이가 되었지요."

"쉰 살 아입니꺼? 나하고 열 살 차이니께."

"그래요. ……근데 외숙모님은 그동안 어떻게 지내셨어요?"

나는 미소를 지어 보이며 조심스럽게 말했다.

"이야기가 좀 깁니더."

외숙모는 미소 지으며 말했다. 그러고는 무슨 장난스러운 옛이야기나 하는 것처럼 웃음을 쏟으며 지난 일들을 들려주었다.

간단히 요약하면, 내가 능바우를 떠나고 1년 후 외숙모는 시가에서 나와 친정으로 가서 1년쯤 지내다가 읍에서 포목장사를 하는 10년 연상의 남자와 재혼했다는 것이다. 그 남편도 몇 년 후 세상을 뜨고, 외숙모 혼자 대구에서 이런저런 장사를 하다가 지금은 역전 근처의 옛날 공회당 옆에서 따로국밥집을 하고 있다고 했다. 위치와 식당 이름을 자세히 알려주며 나에게 대구에 올 일이 있으면 꼭 들르라고 신신당부했다. 세상 어느 누구의 눈에도 외숙모는 행복한 여자로 비쳐질 만큼 조금도 세파에 시달린 흔적이 없었다. 외숙모의 이야기를 듣고 나서 나는 마음이 한결 가벼워 묻고 싶은 질문을 별로 힘들이지 않고 할 수 있었다.

"외숙모님, 능바우 떠나실 때……."

내가 말끝을 맺지 못하고 질질 끌자, 외숙모는 무엇이 우스운지 한 손으로 입을 가리고 웃으며, 다른 한 손으로 나의 팔을 치며 말을 이었다.

"그때 말이지예, 친정아부지가 능바우에서 나오라 캐서예. 외조모님한테 말씀드릴라 캤는데 염치가 없어 말 못하겠데예. 그래 짐 싸가지고 달밤에 살그머니 나왔지예……. 무슨 유행가 가사 같지예?"

외숙모가 그렇게 말하면서 겸연쩍은 듯이 웃었다. 나도 덩달아 웃어졌혔다. 우리 둘 사이를 갈라놓았던 40여 년의 세월이 순식간에 자취를 감추었다. 우리는 등잔불 밑에서 유행가를 같이 불렀던 40여 년 전의 순진했던 스무 살 새색시와 열 살 소년으로 되돌아갔다.

"외숙모님, 좀 일찍 연락을 주지 그러셨어요?"

나는 이렇게 쾌활한 외숙모를 일찍 못 만난 게 아쉬워서 물었다.

"무슨 말을 하능교? 서방 소식도 기다리지 않고 달밤에 도망간 년이 뭐이 잘났다고 선뜻 연락할 끼고. 환갑 노인이 되니까 좀 용기가 생기데예. 이번엔 큰맘 묵고 연락했지예."

외숙모는 그렇게 말하며 다시 웃었고, 나도 따라 웃었다. 나는 오랜만에, 정말 오랜만에 소년 시절로 돌아간 나 자신을 발견했다.

그 순간 남·북 적십자사 간에 몇 달 후 남북 이산가족 상봉5)에 합의했다는 며칠 전 신문기사가 떠올랐다.

"외숙모님, 통일원에서 이산가족 방문 신청을 받는다는데 한번 신청해보시지요."

"필요 없심더. 살아 있다 카믄 아들딸 놓고 잘살 끼고, 죽었다 카면 할 수 없는 기고……."

"생존해 계시다면 만나보셔야지요."

"만나면 뭐할 끼요!"

"그래도……."

"나를 노인 동무라고 부르면 우짤 끼요, 안 만나는 게 낫지……."

외숙모는 미소 지으며 말했다. 그 은은한 미소 속에 자신의 젊음을 삼켜버린 세월의 흐름을 야속해하는 여인의 마음이 묻어 있었다. 아직도 외숙모의 기억 속에는 젊은 외삼촌의 모습이 그대로 남아 있을 거라는 느낌이 들었다.

"노인 동무라고 부르시지 않을 거예요."

"현 선상님이 우째 아능교?"

"외숙모님이 너무 젊게 보이세요."

그렇게 외숙모에게 말한 후 곧 덧붙였다.

"외삼촌이 외숙모님을 여성 동무라고 부르실진 모르지요."

외숙모는 잠깐 생각에 잠기는 듯했다. 왠지 모르게 난감한 표정을 지었다.

"그라믄 지는 우째 불러야 합니껴?"

"노인 동무라고 부르세요."

"와요?"

"지금쯤 폭삭 늙으셨을 거예요."

"그걸 우째 아능교?"

"그 동네 살면 그렇게 늙게 되어 있어요."

나는 미소 속에 외숙모의 손을 잡으며 말했다. 외숙모가 무슨 말을 하려다가 머뭇거렸다.

"그리고 외숙모님을 항상 그리워하고 계실 거예요. 만족시키지 못하는 그리움은 사람을 늙게 하지요."

내가 마치 외삼촌을 근래에 뵙기라도 했듯이 자신 있게 말했다.

"그라믄 한번 신청해보믄……."

외숙모가 나를 올려다보며 말문을 열었다가 얼버무렸다.

그 순간 외숙모가 사랑을 하는 여자의 마음을, 스무살 때의 마음 그대로 한 점의 변화도 없이 40여 년 동안 간직해왔음을 나는 깨달았다. 사랑하는 사람에게 그 사람의 기대보단 아름답게 보일 수 있다는, 내가 외숙모에게 불어넣어준 자신감이 원래 만나지 않겠다던 그녀의 마음을 바꿔놓았으리라……. 나는 맞잡은 외숙모의 두 손에 힘을 주었다.

"아직 신청기간이 한 달이나 남았어요. 신청해도 꼭 된다는 법도 없고요."

내가 외숙모의 손을 놓으면서 말했다. 실제 확률이 10퍼센트라는 사실을 염두에 두고 한 말이었다.

"살아 있는지도 모르잖십니꺼?"

"그것도 그래요."

"마 그라믄 한번 신청해보면 어떻겠십니꺼?"

외숙모가 이제는 나의 동의만 필요하다는 듯이 자신 있게 물어왔다.

"생각해보고 알려주세요. 제가 외숙모님 대신에 신청할 수 있어요."

외숙모가 고개를 끄덕이다가 잠시 생각에 잠기는 듯
했다.

"재혼은 했었어도 아이는 놓은 적이 없심더. 그냥 우
얀지 낳기가 싫어서예……."

나는 순간 눈물이 핑 돌았다. 눈물을 보이지 말아야
한다는 다급한 생각에 상체를 숙여 외숙모를 살며시
껴안았다. 그리고 무슨 말인지 해야 할 것 같아 외숙모
의 귀에 대고 나도 모르게 속삭였다.

"아이를 가졌더라도 외삼촌이 뭐라고 하지 않았을 거
예요."

그렇게 말한 후 외숙모의 자그마한 등을 두어 번 두
드린 후 그녀에게서 떨어졌다.

"외숙모님, 점심 하셔야지요. 제가 좋은 데 가서 맛
있는 것 대접할게요."

"근데 우얄꼬. 동행이 있어서……. 요 다음 서울 올
때 같이 하면 안 되겠십니꺼?"

"그럼, 그렇게 하지요."

우리는 자리에서 일어났다. 주차장에 서 있는 관광버
스 창으로 외숙모의 일행인 듯한 여인네들이 어서 오
라고 손짓을 하고 있었다. 외숙모가 못내 아쉬워하며

작별 인사를 했다.

외숙모가 버스에 오르자 순간 숨막히는 아쉬움이 나를 휩쌌다. 전쟁 때 외숙모가 등잔불 밑에서 나에게 가르쳐준 노래가 무슨 노래였는지 묻지 않았다는 것이었다. 언젠가 소설에 쓰려고 했으나 노래 제목이 생각나지 않아 포기한 적이 있었다. 그 노래는 외숙모가 신방으로 차린 골방에서 나에게 가르쳐준 유행가이자 밤에는 옆방에 있는 시어머니에게는 들리지 않도록 소리죽여 같이 부르곤 했던 유행가였다. 그리고 그것은 또한 낮에 들판에서 밭일을 하는 외숙모에게 군가를 가르쳐준 나의 노력에 대한, 외숙모로서 할 수 있는 당연한 보답으로 여겨졌다.

나는 막 떠나기 시작하는 버스로 달려갔다. 외숙모가 앉아 있는 창가로 가 차창을 열라고 손짓을 했다. 차창이 열리고 외숙모가 머리를 살짝 내밀었다.

"외숙모님, 우리가 골방에서 불렀던 유행가 제목이 뭐지요?"

외숙모가 잠시 생각하는 듯하더니 환한 미소를 지으며 큰 소리로 외쳤다.

"〈타향살이〉[6]입니더."

그때 마침 버스가 주차장에서 큰길로 빠져나가기 위해 잠시 정차했다.

"〈타향살이〉? ……맞아요……. 〈타향살이〉예요."

내가 그 자리에 선 채로 숨을 헐떡이며 말했다.

"어떻게 시작하지요?"

"타향살이 몇 해던가? 손꼽아 헤어보니……."

외숙모가 손놀림으로 박자를 맞추면서 〈타향살이〉 첫 소절을 나지막이 불렀다. 전쟁 중 골방에서 나에게 그 노래를 가르쳐줄 때의 바로 그 모습이었다. 다른 점이 있다면 외숙모가 그때보다 더 자유스러워 보이고, 더 밝아 보이고, 더 행복해 보인다는 것이었다.

버스가 서서히 움직이더니 주차장에서 빠져나갔고, 그 자리에 서 있는 나에게 외숙모가 창밖으로 손을 내밀어 흔들어주었다. 그러면서도 버스 안에서는 〈타향살이〉 노래가 계속되는 듯했고, 그 노래가 내 귀에 뚜렷이 들려오는 듯했다. 그래서 외숙모가 탄 버스의 뒷모습에 시선을 주며 나는 입속으로 그 노래를 계속해서 불렀다. 마치 외숙모가 저었던 손놀림에 맞추어 노래하듯이, 박자가 틀리지 않도록 조심하면서…….

타향살이 몇 해던가 / 손꼽아 헤어보니

고향 떠난 십여 년에 / 청춘만 늙-고

일절의 노래가 끝났다. 이절의 노래가 자연스럽게 흘러나왔다. 내 뇌리, 아니 가슴속 깊숙한 곳에 오랫동안 갇혀 있다가 막 터져 나오듯이 흘러나왔다.

부평 같은 내 신-세가 / 혼자도 기막혀서

창문 열고 바라보니 / 하늘은 저-쪽

그런 다음 놀랍게도 삼절도 거침없이 이어졌다.

고향 앞에 버드나무 / 올봄도 푸르련만

버들피리 꺾어 불던 / 그때는 옛-날

외숙모가 탄 버스가 자취를 감출 때까지 나는 그렇게 속으로 노래를 부르며 그 자리에 그대로 서 있었다.

노래가 끝났을 때, 40여 년 동안 사라졌던 그 무엇이, 아마도 세상살이에 꼭 필요했던 그 무엇이 노래가 시작되면서 찾아졌다가 방금 노래가 끝나면서 사라져버렸다는 느낌이 들었다.

　나는 '부평 같은 내 신세가/혼자도 기막혀서'라고 가사의 일부분을 입속에서 중얼거리며 발길을 옮기기 시작했다.

　순간 그 구절이 가슴에 확 와 닿았다. '혼자도 기막혀서…….' 세계 어느 불멸의 시 구절에 못지않은 어떤 의미가 함축되어 있는 듯했다. 그 의미가 무언가 잡힐 듯 잡힐 듯하지만 잡을 수 없는, 아마도 영원히 잡을 수 없는 그 무엇이 있는 듯했다. 한 가지 의문이 떠올랐다. 왜 외숙모는 그때 〈타향살이〉처럼 오래되고 남성적인 노래를 좋아했지? 다음번 만나면 외숙모에게 꼭 물어보기로 작정했다.

　나는 길게 늘어선 한강 둔치를 걸어가다 한강을 마주보며 섰다. 어느새 강물은 잔잔해졌고, 그 위로 따스한 햇살이 쏟아지고 있었다. 나는 둔치를 따라 다시 발길을 옮겨놓다가, 강물에 비친 나의 옆모습을 슬쩍 보았다.

　그 모습엔 40여 년 전 내가 고아가 된 줄 알았을 때의 나의 어린 시절 모습이 겹쳐 있었다. 동네 앞 시내가 처량하게 보이고, 둥근 달이 슬픈 빛을 띠기 시작하고, 한겨울이 매서운 들바람으로 느껴지기 시작한 때였다.

그 순간 외숙모가 나에게 〈타향살이〉 노래를 가르쳐
주고 같이 불렀던 이유를 깨달았다. 고아가 된 나를 위
로하기 위해서였다. 한 여인의 깊은 마음을 헤아리는
데 40여 년의 긴 세월이 필요했던 것이었다.

그런 내가 어찌 외숙모의 삶을 짧은 시간에 소설화할
수 있겠는가? 나에겐 그럴 만한 자격도 없고 가능한 일
도 아님을 뼈저리게 깨달았다. 아니, 혼자 생각만 해도
기가 막힐 일이었다.

편집자 주

1) 인민의용군. 한국전쟁 시 북한의 전시동원령에 따라 정규군을 지원하
기 위해 조직된 군대 또는 군인으로서, 당시 남한의 민간인이나 학생
등을 상대로 자원 형식으로 모집되었으나 갈수록 강제성을 띤 징집으
로 동원되는 경우가 많았다.(13쪽)
2) 한국전쟁 당시 1951년 1월 4일 북한 공산정권을 지원하는 중공군의 공
세에 따라 남한의 정부가 수도 서울에서 철수한 뒤 다시 부산으로 후
퇴하고, 공산 진영이 서울을 재점령한 사건을 가리킨다. 이때 일부 노
약자를 제외하고는 대부분의 서울 사람들은 피난을 떠나 얼어붙은 한
강을 건너 남쪽으로 이동했고, 이 혼란 속에서 수많은 이산가족이 생
겨나게 되었다.(15쪽)
3) 경상도 방언에서는 모음 'ㅓ'와 'ㅡ'를 구분하지 않은 채 'ㅡ'를 'ㅓ'로 발
음하므로, 경상도 사람들 대부분은 'ㅡ' 발음을 하지 못한다.(18쪽)
4) 한강을 건너는 교통수단이었던 인도교 한강대교와 광진교, 그리고 한
강철교(경인선 단선 철교와 경부선의 복선 철교)로 이루어진 한강 교량 5개
모두는 한국전쟁 당시인 1950년 6월 28일 새벽 2시 30분 북한군이 한

강을 넘어서 진격할 것을 우려한 국군 공병부대에 의해 폭파되었다. 그 결과 북한군의 한강 이남 공격을 일차적으로 저지할 수 있었지만, 한강 이남으로 피난하던 피난민들의 많은 인명 피해와 함께 더 이상 남쪽으로 향하지 못한 채 고립되는 고초를 겪게 하였다. 9·28 서울 수복 이후 인도교 옆으로 부교가 놓여 임시로 통행할 수 있었고, 철교도 1951년 6월 일부 가복구되어 통행이 가능하게 되었다. 1·4후퇴 당시 아직 철교가 복구되지 못해 피난민들이 기차를 타기 위해서는 영등포역까지 가야 했는데, 이때 마침 한강이 얼어서 그 위를 걸어 건너기도 하였다. 한강의 교량은 그 뒤 여러 차례 공사를 거쳐 복구되었으며, 새로운 교량들도 추가 건설되어 2014년 4월 현재 31개에 이르고 있다.(26쪽)

5) 남북 이산가족 상봉은 1971년 8월 12일에 대한민국의 대한적십자사가 한국전쟁 또는 한반도 분단 때문에 남과 북으로 헤어져 살고 있는 이산가족들의 실태를 확인하고, 서로 소식을 전하거나 상봉을 하기 위한 목적으로 실시한 '이산가족찾기 운동'을 계기로 시작되었다. 남북 적십자사 간의 합의에 의하여 1985년 9월, 서울과 평양에서 최초로 이산가족 고향방문단과 예술공연 교환 행사가 이루어졌다. 그 후 2014년 2월 23~25일 상봉까지 18차례에 걸쳐 남북 이산가족 간 만남이 있었다.(41쪽)

6) 〈타향살이〉는 1933년 손목인이 작곡하고 고복수가 부른 노래로서 일제강점기 서민의 삶과 애환을 담아 최고의 대중가요 중 하나로 꼽힐 만큼 크게 유행했다.(45쪽)

어머니

1

"인구야, 니 요새도 나팔 부나?"

1년 만에 만난 어머니가 나에게 한 첫마디가 그러했다. 서울 변두리 카바레에서 색소폰을 불며 살아가는 내 생업을 빗대어서 하는 말이었다. 나는 아무 대답도 하지 않고 고개만 끄덕거렸다.

"에미하고 애들도 건강하제?"

나는 마지못해 '예'라고 대답하고 주위를 둘러보았다. 보신탕집에 들어서면 항상 느끼는 거지만, 손님들은 필요 이상으로 바빠하는 것 같고 종업원들은 필요 이상으로 서두르고, 손님·종업원 할 것 없이 모두가 필요 이상으로 큰소리로 외쳐댄다. 서울에서 멀리 떨어진 이곳 강원도 춘천 시내에서 어머니가 운영하는 보신탕집도 예외가 아니었다.

"인구야, 여기 쪼매 앉아 있거라. 내 퍼뜩 주방에 가서 수육 좀 가지고 오마."

어머니는 내 의사도 묻지 않고 자리에서 일어났다. 환갑이 지난 노인답지 않은 몸매에 활달한 걸음걸이로 주방으로 걸어가는 어머니의 뒷모습을 물끄러미 바라보았다. 어머니가 주방으로 사라지자 나는 식당 안을 둘러보았다. 초저녁 나절 붐빌 때 카바레가 여자들의 싸구려 분냄새로 들떠 있듯이, 한참 점심때라 손님들로 꽉 들어찬 식당 안은 사내들의 시금털털한 땀냄새로 가득 차 있었다. 어머니와 나는 똑같이 그러한 냄새 속에서 살 운명을 타고났는지, 아버지와 헤어진 이후 어머니는 세 남자의 품속을 거치며 사내들의 땀냄새를 맡아왔고(이제는 혼자 사는 처지지만), 나는 스무 살 때부터 현재까지 20년 동안 분냄새를 맡으며 카바레 악단원으로 색소폰을 불어오는 처지다.

내가 세 남자라고 했지만 세 남자가 넘을지도 모른다. 내가 한때나마 아버지라고 불렀던 남자가 세 사람이었다는 말이다. 그리고 좀 이해하기 힘들겠지만, 내 진짜 아버지는 내가 아버지라고 불렀던 세 남자 중 어느 누구도 아니다.

진짜 아버지는 나에게 아버지라고 부를 기회를 주지 않았다. 아버지가 죽었다든지 누군지 몰라서가 아니다. 나는 진짜 아버지가 누구인지 잘 알고 있고, 직접 만나지는 못했지만 엄연히 생존해 계시고, 나를 지극히 사랑하고 있다는 것을 알고 있다.

"고기 좀 묵어라, 인구야. 아주 좋은 것만 골라왔다."

어느새 어머니가 내 앞에 고기 접시를 놓으면서 말했다. 나는 아무 대답도 않고 속주머니에서 편지를 꺼냈다. 거칠고 누런 갱지가 두 장. 아버지가 보낸 편지를 펴들었다. 벌써 수십 번도 더 읽어서 보지 않아도 훤히 외울 수 있었지만 의젓하게 아버지의 편지를 읽는 아들의 모습을 어머니에게 보여주고 싶어서였다. 나는 힐끗 어머니를 쳐다보았다. 어머니의 의아해하는 표정이 더없이 고소했다. 나는 첫 번째 편지를 펼쳐 눈으로 읽기 시작했다.

그립고 보고 싶은 금자에게.

네가 보낸 편지는 6월 26일에 반갑게 받았다……. 꿈결에도 그립던 인구의 편지! 이 어찌 다만 일장서신으로만 맞이하였으랴! 나의 감상은 꿈이 아닌가 하고도……. 그러나 엄연한 현실 앞에 나의 정신세계는 다시 맑아졌다…….

금자야! 사진도 받았다!

그곳 일가친척들 모두 편안히 지내고 있으리라고 나는 굳게 확신한다. 이곳 우리들도 위대한 수령 김일성 원수님의 따뜻한 품속에서 보람차고 행복한 나날을 보내고 있다…….

금자야! 나는 너희들과 상봉하는 그날을 항상 머릿속에 그리며 동의서를 고대한다. 동의서를 받아가지고도 려권수속 하는 기일을 고려해주기 바란다.

금자야! 우리 서로 다시 만나서, 그리고 인구와도 그리운 회포를 나눌 그날을 앞당기기 위하여 힘써나가자…….

1991. 6. 29.

작은아버지 씀

"무슨 편지고?"

내가 편지 속에 파묻혀 있자 어머니가 답답했던지 물어왔다.

"아버지한테서 온 편집니더."

"뭐라고?"

어머니가 깜짝 놀라며 주위를 두리번거렸다.

"방으로 들어가자."

내 손을 잡으며 일어서는 어머니의 표정을 살폈다. 어머니의 표정은 놀라움이 아니라 두려움으로 차 있었다. 아버지가 북한에 생존해 계시고 편지까지 보냈다는 사실에 놀란 게 아니라 혹시 내가 북한과 연루되어 무슨 피해를 볼까 봐 두려워하는 것 같았다.

"괜찮심더. 한번 읽어보이소."

나는 어머니 앞으로 첫 번째 편지를 내밀었다.

"금자가 누고?"

어머니는 편지를 받아 들면서 아버지 편지의 수신자로 된 금자누이에 대해 물었다.

"금자누이는 중국 류허(柳河)에 사셨던 큰아버지의 딸입니더. 큰아버지하고 아버지 두 분이 중국 류허에 계시다가 해방되던 해 아버지만 귀국했다 캅니더."[1]

"……."

"큰아버지는 톈진(天津)에서 배를 타기 전 류허에 버리고 온 땅을 잊지 못해 다시 돌아갔다 캅니더……. 큰아버지는 원래 농사꾼이고, 아버지는 선비 아입니껴?"

56

언문을 깨칠 정도의 교육 이외에는 신식 학교를 다녀보지 못한 어머니에 비해 사범학교를 나와 6·25전쟁이 나기 전까지 보통학교 선생을 한 아버지를 지칭해 나는 어머니가 묻지도 않는 말을 내뱉었다. 어머니는 못마땅한 표정으로 나를 쓱 한번 훑어보더니 다시 편지를 읽기 시작했다.

"니도 편지했나?"

편지에서 시선을 뗀 후 나에게 물었다.

"예, 아버지한테 했심더."

"금자가 니하고 우째 연락됐노?"

"금자누이가 류허에서 우리 집안 족보를 우연히 보게 되어 '화수회'²⁾를 통해 연락됐심더. 아버지하고 금자누이는 서로 서신 왕래가 있었는데, 아버지가 남조선에 아이가 하나 있는데 아들인지 딸인지 모르겠다고 하시며 몹시 걱정하고 계셨다 캅니더."

내가 태어나기 한 달 전인 1950년 9월, 고향인 경상남도 함양에서 교편을 잡으시다가 퇴각하는 인민군을 따라 북으로 간 아버지가 결코 나를 잊지 않으셨다는 사실을 어머니가 분명히 깨닫길 바랐다.

어머니는 다시 편지를 읽기 시작했다.

"이 영감태기, 아직도 못된 버릇을 못 버렸네……. 위대한 수령 김일성 원수님의 따뜻한 품속에서 보람차고 행복한 나날을 보내고 있다고?"

어머니가 '흥' 하고 코웃음을 치며 편지를 내동댕이치듯 내 쪽으로 던졌다. 나는 그런 어머니를 탓하지 않기로 했다. 어머니로서는 어쩌면 당연한 일일지도 몰랐다. 나는 아버지의 두 번째 편지를 어머니 앞에 내밀었다. 나는 편지를 읽는 어머니의 시선을 따라가며 아버지의 글월을 속으로 외우고 있었다.

금자에게.

너의 편지는 8월 10일에 반갑게 받아보았다.

그간 그곳 일가친척들이 모두 무사히 지내는데 영석 아비가 불행하게도 뇌출혈로 고통을 겪는바, 허베이 성(河北省)에 간 후 병치료가 잘되고 있는지 궁금하구나……. 인구한테서 또 편지가 왔는지?

"영석 아비가 누고?"
어머니가 편지에 시선을 둔 채 물었다.
"금자누이의 남편입니더."

어머니는 말없이 편지를 읽어 내려갔고, 나는 아버지의 글월을 속으로 외워갔다.

전번에 인구한테서 7월에 온 편지를 받아보았다······. 지금 인구가 나를 얼마나 그리워하고 있는가 하는 것은 나에게 보내온 편지 사연이 잘 말해주는구나. 나는 언제나 잠들기 전에는 인구에 대한 생각이 머리를 떠나지 않는다. 꿈에도 그리운 혈육지정! 서로 얼굴조차 알지 못하고 오랫동안 가슴 아파하는 회포를 나누게 될 날이 반드시 오리라고 나는 확신하고 있다.

"혈육지정은 무슨 노무 혈육지정······ 사상에 미친 빨갱이가 이제 와서 뭐라 카노?"

어머니가 편지를 내려놓고 손수건으로 코를 '헹' 하고 풀며 무심코 지껄여댔다. 기가 막힐 일이었다. 한 사람의 지식인으로 자신의 양심을 좇아, 아내는 물론 뱃속에 있는 혈육까지도 희생시켜야 했던 아픔을 겪은 아버지를 '사상에 미친 빨갱이'라고 매도하는 어머니를 어떻게 받아들여야 할지 막막했다.

어머니는 다시 아버지 편지를 눈으로 읽어 내렸고,

나는 기억으로 읽어갔다.

　이곳에서 나도 건강한 몸으로 생활하고 있고, 형구를 비롯한 온 가족이 건강하여 자기 맡은 일에 열중하고 있다. 이곳에는 저번에 려권수속을 한 후 12월 초에 승인될 것 같다……. 할 말은 많으나 오늘은 이만 간단히 소식을 알린다.
　회답을 기다린다…….

1991. 8. 14.
작은아버지 씀

"형구는 누고?"
"북에 있는 동생입니더. 아버지는 북에 아들만 셋 있십니더."
"그노무 영감, 복도 많다. 하늘이 우예 이리 무심할꼬……."
　어머니는 그렇게 말하면서 손수건을 꺼내 없는 코나마 푸는 시늉을 했다. 그런 어머니의 버릇에 나는 꽤 익숙해졌는데, 화가 나지만 내가 참는다, 하는 뭐, 그

60

것 비슷한 의미를 내포하고 있었다.

어머니가 외할아버지를 일찍 여의는 바람에 가정교육을 제대로 못 받아 조신하지 못하다는 할머니의 푸념을 내 어릴 적 여러 번 들었었다. 그런 어머니가 아직도 이 모양이니, 아버지와 살면서는 얼마나 아버지 속을 썩였을지 보지 않아도 뻔했다.

"내일 중국으로 떠납니더."

편지를 내려놓는 어머니에게 내가 말했다.

"와?"

"아버지 만나러 가는 거지 와겠십니꺼?"

"니가 무슨 돈이 있어서……."

"걱정 마이소."

"그노무 영감, 내 신세도 망쳐놓더니 이제는 아들 신세까지 망칠라 카는구나."

"그런 소리 마이소."

"오냐, 니 맘대로 해라. 그래도 아버지라고 자식새끼가 찾아갈라는데 내가 우예 말릴 수 있나? 노자나 마련해줄 테니 아무 말 말고 가지고 가거라."

"필요 없심더."

"고집 부리지 말고……."

어머니가 자리에서 일어나며 말했다.

잠시 후 어머니는 방에 들어갔다가 누런 서류봉투를 들고 나오더니 계산대 위에 있는 손금고를 열고 그곳에서 돈을 꺼냈다. 그 다음에도 나에게는 오지 않고 손님이 앉아 있는 테이블로 가서 선 채로 손님들과 무슨 이야기를 나눴다. 손님들이 주머니에서 돈을 꺼내 어머니에게 주는 것으로 보아 음식 값으로 먼저 받는 듯했다. 그 돈을 손금고에서 꺼낸 돈과 함께 방에서 들고 나온 서류봉투에 넣은 다음 내 앞에 와 앉았다.

"노자에 보태거라."

어머니가 내 앞에 봉투를 내밀었다.

"필요없심더. 노자는 충분히 마련했심더."

"쓸데없이 고집 부리기는……."

어머니는 내 점퍼 주머니에 돈 봉투를 쑤셔넣었다. 내가 봉투를 주머니에서 꺼내려 하자 어머니는 상체를 테이블 위로 내밀며 내 손을 꽉 잡았다. 호리한 체구에 어디서 그런 손힘이 나오는지 이해가 안 될 정도로 힘이 셌다. 나는 어머니에게 돈 봉투를 돌려주지 못했다.

"그럼 가볼랍니더."

자리에서 일어나면서 내가 말했다.

"그래. 잘 갔다 온나."

어머니가 앉은 채 손을 들면서 손님이 있는 쪽으로 시선을 보냈다.

"아버지에게 어머니 얘기는 안 하겠심더."

어머니는 그렇게 말하는 나를 의아한 눈으로 쳐다보았다.

"아버지가 물으면 그냥 재혼했었다고만 하겠심더."

어머니가 더욱더 의아해하는 눈빛을 보냈다.

"그래도 어머니 얘기는 다 안 하겠심더."

그리고 나서 사이를 두었다가 한마디 덧붙였다.

"걱정 마이소."

어머니 얘기란 어머니를 거쳐간, 내가 아버지라 불렀던 세 남자를 두고 한 말이었다. 어머니가 내 속마음을 알아채지 못할 리가 없었다.

"와?"

어머니가 고개를 바짝 쳐들고 나에게 대들듯이 물었다. 그런 어머니를 상대하고 싶지 않아 나는 시선을 다른 곳으로 보냈다. 어머니가 목청을 높이기 시작했다.

"이 에미가 창피스러봐서? ……와? 이 에미가 더러봐서? ……와? 니 애비가 훌륭해서?"

어릴 때부터 경험해 이제는 익숙해진 어머니의 발작이 지난 1년 동안 더 악화된 듯싶어 나는 아무 말도 하지 않았다.

"그노무 영감태기, 뭐가 그리 잘났다고, 사상운동을 한다고 도망치고 다녀 네 할아버님 속을 얼마나 썩였던지. 아마 그래 일찍 돌아가셨을 끼다. 형사들이 툭하면 집에 찾아와 족치니 견딜 수가 있었겠나?"

횡설수설 지껄이던 어머니는 가쁜 숨을 고르는 듯 잠시 말을 멈추었다가 악에 받쳐 다시 떠들어댔다.

"그래도 보도연맹증³⁾을 받고는 두 달쯤 마음잡고 살더니 인민군이 내려오자 그리 설치쌓더니만……."

잠시 머뭇하는 어머니의 두 눈이 놀랍게도 분노로 이글거리고 있었다.

"뱃속에 있는 자식도 팽개치고 나 몰라라 하고 도망친 아버지를 우째 아버지라 칼 수 있노?"

어머니는 자리에서 벌떡 일어나 주방 쪽으로 갔다.

나는 입구 쪽으로 향했다. 어떤 일이 있어도 앞으로 다시는 어머니의 발작을 받아들이지 않겠다고 다짐했다. 누구보다 아버지가 그런 나를 용서할 것 같지 않았다.

2

　춘천에서 어머니를 만나고 온 지 3개월이 지난 어느 날 늦은 오후, 나는 중국땅 다롄(大連)의 바닷가에 서서 차갑도록 푸른 바다와 끈질긴 파도와 주책없이 넘실대는 수평선을 마주하고 있었다.

　북한에 살고 계신 아버지가 오시리라는 기대 속에 금자누이 집에서 보낸 3개월 동안의 지루한 생활이 주마등처럼 흘러갔다. 결국 아버지는 무슨 이유에서인지 오시지 않았다. 입국비자 만료를 앞두고 다롄을 떠나 내일이면 웨이하이(威海)에서 인천으로 향하는 배에 몸을 실어야 할 내 신세가 한없이 처량하게 느껴졌다.

　허사였다. 모든 것이 허사였다. 아버지가 어머니의 뱃속에 나를 두고 훌쩍 떠나버린 것은, 나를 버린 것이 아니라 지식인으로서의 신념 때문이었을 것이라는 나의 확신을 확인하려는 계획도 허사가 되어버렸다. 이렇게 허허한 가슴을 안고 서울로 돌아갈 바에야, 차라리 마음을 독하게 먹고 북한 영사관에 들어가 망명을 요청했더라면, 북한에 가서 아버지를 만나 속 시원히 의문을 풀었을 터인데! 그러나 인천을 떠날 때 마지막

으로 본 아내의 근심 어린 표정과 두 딸 진숙와 영숙의
천진난만한 모습이 내가 마음을 독하게 먹는 것을 방
해했다.

그동안 살아오면서 나는 숱하게 독한 마음을 품었지
만 그것을 실행에 옮길 용기를 갖지 못했다. 항상 때가
지난 후에야 마음을 독하게 먹지 못한 것을 지금처럼
후회하곤 했다.

내가 세 살 때, 시골길을 달리는 군인 지프차에서 어
머니가 어느 군인과 시시덕거렸을 때 나는 달리는 지
프차에서 뛰어내렸어야 했다.

내가 초등학교에 다닐 때, 대구에서 세 든 집 안채
마루에서 어머니가 어느 남자의 품에 안겨 춤추며 시
시덕거리는 걸 보았을 때 방 안에 있던 나는 독한 마음
을 먹고 그곳에 있던 과도로 내 가슴을 찔렀어야 했다.
기껏 내가 한 짓이라곤 그 다음부터는 할머니 집에 가
할머니 곁을 떠나지 않는 것이었다. 그때뿐만이 아니
다. 어머니가 타지에서 매년 명절날에 보내준 새옷을
자랑스럽게 입기보다 마음을 독하게 먹고 갈기갈기 찢
어 태워버렸어야 했다.

아! 거기다가 두 남자도 모자라 다시 얻은 세 번째

남자……. 아마도 그곳에 주둔했던 군부대가 이동함으로써, 그리고 어느 여자가 어머니가 세 든 방에 찾아와 어머니의 머리채를 잡아 휘두름으로써 끝장을 보았던, 한때 내가 아버지라고 불렀던 두 남자의 경우는 그래도 세 번째 남자와 비교하면 괜찮은 편이었다.

춘천 교외 한곳에서 벌어진 추악함……. 휘발유 장사를 하는 세 번째 새아버지가 집 뒤란의 군용트럭에서 빼내는 불그스레한 휘발유, 새아버지 집 단칸방에서 대낮에 벌어지는 군용트럭 운전자와 (어머니가 그 짓을 하기는 불가능하므로 아마도 새아버지가 알선해준) 여자의 정사가 남긴 비릿한 냄새……. 내가 중학교 다니던 시절, 그래도 어머니가 그리워 찾아간 춘천 새아버지 집엔 항상 이렇게 비릿한 냄새가 감돌았다. 그것이 어머니가 나에게 남긴 영원히 씻을 수 없는 기억이었다. 그 기억에서 벗어나려고 발버둥칠수록 더 깊은 기억의 늪 속으로 빠지는 생활이 반복되었다. 그러는 나에게 아버지 소식은 탈출구가 되어주었다.

아버지의 소식을 들었을 때까지 탈출구가 없었던 것은 아니었다. 색소폰 소리를 좋아했던 수많은 여자, 여자들……. 그들의 몸뚱어리는 나의 또 다른 탈출구였다. 아버지의 소식을 듣고부터 그런 인생에 영원히 종지부를 찍을 수 있다는 나의 기대가 산산이 부서져버린 지금, 내가 바라는 것은 아무것도 없었다. 아버지에게 버림받고 더러운 자궁 안에서 잉태된 한 인간으로서 내가 앞으로 할 일은 색소폰을 불면서, 색소폰 소리를 좋아하는 또 다른 더러운 몸뚱어리에 인생을 흘려버리는 것 외에는.

나는 바닷가를 지나 부두 위로 올라섰다. 겨울 바닷바람을 폐부 깊숙이 마시며 부두 위를 걷기 시작했다. 파도가 부서져내리는 방조제 가장자리로 가 수평선에 시선을 보냈다. 색소폰을 가지고 왔더라면 얼마나 좋았을까! 가슴을 쪼개는 후회가 나를 엄습해왔다.

나를 버리고 재혼한 어머니가 그래도 어머니라고 그리워질 때면 뒷동산 소나무 밑에서 색소폰을 불던 어린 시절, 한 번도 보지 못한 아버지를 머릿속에 그리며 한밤중 남산 중턱 소나무 밑에서 색소폰을 불던 고등학생 시절, 그리고 변두리 카바레를 전전하며 색소폰을 불던 시절……. 중국 류허에서 보낸 지난 3개월을 제외한다면 색소폰을 불 수 있는 나이가 되고부터 그 무거운 색소폰은 내 곁을 떠난 적이 없었다. 그리고 그것으로 〈오 대니 보이〉⁴⁾를 부르는 동안 나는 바다 위를 나는 새와 같이 자유로웠다. 과거로부터, 자학감으로부터, 아버지를 향한 그리움으로부터.

한 번도 보지 못한 아들에게 아버지는 위대한 유산을 남겨주었다. 어떤 아버지가 아들에게 외로움을 없애주고, 자유를 가져다주고, 호구지책을 마련해주는 유산을 남길 수 있겠는가!

나는 바다를 마주 보고 앉았다. 두 손을 색소폰 연주하듯이 하고 마음속으로 〈오 대니 보이〉를 부르기 시작했다. 흰눈에 덮여 침묵 속에 빠져 있는 들판이 머릿속에 그려졌다. 평화스러운 들판이 끝없이 이어졌다. 한 마리의 야생마가 평원 위를 내리치닫고 있었다. 야생마의 모습이 멀어져가며 내가 마음속으로 부르는 음률도 끝나갔다. 다음 순간 그 광활한 평원은 살을 에는 겨울바람이 휘몰아치는 들판 옆 시골길로 변해 있었다. 그곳은 새아버지 집이 있는 춘천 교외의 시골길이었다. 그 시골길이 불그스레한 휘발유색으로 물들기 시작했다. 그리고 정사를 마련해준 대가로 군용 트럭 밑에서 휘발유를 빼다가 트럭 밑에 깔린 새아버지 시체에서 나온 피로 붉게 물들어갔다.⁵⁾

'아' 하고 나도 모르게 바다를 향해 소리를 질렀다. 내가 지른 소리에 깜짝 놀라 얼른 주위를 둘러보았다. 지나가는 행인의 의아스러워하는 시선이 내 몸에 와 닿았다.

뚜 하는 기적 소리에 정신이 들어 시계를 보았다. 오후 5시 30분. 다롄에서 웨이하이로 가는 배의 승선을 알리고 있었다. 나는 멀리 보이는 선착장으로 발길을 옮기기 시작했다. 발해해협(渤海海峽)을 가로지르는 선상에서 보낼 열 시간의 항해가 몹시 지루하게 느껴졌다. 그러나 아버지를 기다리며 류허의 누이 집에서 보낸 3개월에 비할 수 있으랴? 처음 한 달은 가슴 뿌듯함이었다. 다음 한 달은 짜증스러움이었고, 마지막 한 달은 혐오스러움이었다. 먹을 수 없는 음식, 불편한 잠자리, 숨막히는 빈곤, 시간이 흐름에 따라 강도를 더해가는 몰염치함.

법적 체류기간의 만기가 가까워지자, 금자누이와 그녀의 남편은 아버지와의 만남이 무산될지도 모른다는 절망에 빠져 들어가는 내 처지는 조금도 개의치 않고 초청장⁶⁾만 읊어댔다. 잠자리에 들기 전, 들판을 거닐며, 음식을 먹을 때…… 때와 장소를 가리지 않았다.

나와의 만남을 구세주나 만난 것처럼 설쳐대는 그들 부부의 입에서 나오는 소리는 "동생, 남조선에 돌아가서 초청장만 보내줘. 내 동생한테 신세 안 질 테니. 내 열심히 일해 작은아버지가 이곳에 오시면 잘 대접해드릴게", "처남, 북조선 친척이 오면 경제적으로 힘들고 남조선 친척이 오면 대접하기 힘들다던데, 처남이 많이 불편하겠지. 그러나 어떡하겠나, 형편이 이러니. 초청장만 보내면 처남 신세 안 지고 열심히 살아보겠네. 북조선에 있는 작은아버지에게 동의서 보내 이곳에 자주 오시게 하고 말이야……" 등이었다. 그러한 그들에게 나는 헤어질 때까지 아무런 내색도 비치지 않았다.

때로는 울컥 치미는 분노를 삭이기 힘들었지만 지금 생각해보니 참은 건 잘한 일이었다. 더구나 아버지를 만나면 드리려고 서울에서 빚을 내온 4천 달러 중 쓰고 남은 돈에서 1천 달러를 주고 왔다. 그래서 마지못해 약속한 초청장을 내가 서울에 돌아간 후 해보내지 않아도 심히 섭섭해하거나 혹시 아버지와 연락이 되어도 나에 대해 그리 나쁘게는 이야기하지 않으리라고 믿었다.

사실 금자누이가 요구하는 초청장은 내게 부담이 되

었다. 서울에 누이를 불러들여 내 가족들과 같이 지내기가 싫어서만이 아니었다. 남산 기슭에 위치한 전셋집에 살며 삼류 카바레에서 색소폰을 불어 세 식구를 먹여살리는 나를, 그들은 국립취주악단의 색소폰 연주자로서 넉넉한 생활을 하고 있는 것으로 믿고 있었기 때문이다.

3

다롄 항 여객선 청사가 시야에 들어오면서 웅성거리는 소리가 들려왔다. 웅성거림은 사람이 모이는 곳이면 항상 존재해 있었고, 그 웅성거림 속에는 가난에 찌든 사람들의 바쁜 움직임이 있었다. 나는 그들 속에 끼이고 싶지 않아 고개를 숙이고 천천히 발길을 옮겼다. 그때 귀에 익은 웅성거림이 점차 커지면서 여자의 고성이 두어 번 연거푸 들려왔다.

나는 무심코 고개를 들어 소리나는 곳에 시선을 주었다. 위아래 국민복을 입고 남자 군화를 신은 작달막한 여인의 모습이 몹시 눈에 익었다. 그 여자가 나를 향해 손짓을 하며 달려오고 있었다. 잠시 어리둥절하여 멍하니 있다가 나는 가슴이 덜컹 내려앉는 실망을 맛보았다. 금자누이가 나를 향해 달려오고 있었다. 나는 그 자리에 우두커니 서서 달려오는 그녀의 모습을 보고 있었다. 초청장의 집요함에 진저리가 났다.

"동생, 작은아버지가 오셨어."

금자누이가 고함을 치며 달려오고 있었다. 작은아버지…… 작은아버지…… 그럼 아버지란 말인가? 그때서야 나는 달려오는 그녀 뒤로 시선을 보냈다. 몸집보다 유별나게 큰 국민복을 걸치고 검은색 레닌모를 쓴 사람이 그녀 뒤에서 뛰는 듯 걷는 듯 나에게 다가오고 있었다.

나는 뛰기 시작했다. 금자누이를 지나칠 때 "작은아버지가 저기 계셔"라는 말을 귀로 스치며 노인 앞으로 뛰어갔다. 그러나 얼굴을 본 순간 나는 멈칫하고 말았다. 노인의 얼굴이 너무나 생소했다.

무슨 말을 해야 할지, 어떤 행동을 취해야 할지 얼른 생각이 떠오르지 않았다. 아버지를 대하고 있을 용기가 나지 않아 시선을 아래로 떨구었다. 마음을 가다듬고 시선을 들었을 때 담배를 입에 무는 아버지의 모습이 보였다. 나는 라이터를 켜 담뱃불을 붙여드리고 싶었으나 몸이 말을 듣지 않았다. 아버지는 바다 쪽을 응시하며 담배연기를 천천히 빨아들인 다음 공중에다 연기를 내뿜고 있었다.

"너도…… 담배 피워라."

바다 쪽을 응시한 채 아버지가 말씀하셨다. 아버지의 말씀이 들린 후 나는 조금 망설이다가 서너 발자국 뒤로 물러섰다. 그리고 아버지 쪽으로 등을 돌리고 담배를 꺼내 불을 붙였다. 담배연기를 깊숙이 빨아들인 그 순간, 나는 어느 때보다 가슴에 평온함을 불어넣어주는 담배 한 개비에 감사했다.

나는 피우던 담배를 땅에 버리고 뒤돌아서 아버지를 보았다. 아버지의 입술은 미소를 짓고 있었으나 눈에는 눈물이 고여 있었고, 감정을 억누르려는 빛이 역력하게 이마에는 깊숙한 주름이 잡혀 있었다. 아버지가 두 팔을 반쯤 벌렸다. 나는 아버지에게 다가가 살그머니 껴안았다.

"고생이 많았지?"

아버지가 혼잣말처럼 내 귀에 속삭였다.

"아니에요."

나는 아버지를 감쌌던 팔을 살며시 풀고 아버지를 다시 바라보았다. 아버지의 머리 위에 얹힌 검은색 레닌모를 벗겼다. 백발이 바닷바람에 휘날렸다. 내 기억 속에 새겨둔 인자하신 아버지의 모습이 엿보였다. 그러나 아직도 아버지의 모습이 어색했다. 우중충한 연푸른색 국민복에 내 시선이 잠시 머물렀다. 내가 머릿속에 그려왔던 아버지의 모습에 목까지 단추가 채워진 국민복은 분명 어울리지 않았다. 내 시선을 따르던 아버지는 다음 순간 국민복 왼쪽 주머니로 두 손을 가져갔다. 그리고 그곳에 꽂혀 있던 김일성 배지를 풀더니 바지 주머니에 넣으셨다.

나는 아버지를 다시 품에 안았다. 아버지의 자그마한 체구에서 풍기는 따스함이 내 몸에 와 닿았다. 한 번도 경험한 적 없지만, 보통 어머니의 품에서만 느낄 수 있는 포근함이 아마 이런 것이리라는 생각이 들었다.

그러나 그런 따스함도 짧은 시간밖에 맛볼 수 없다는 것을 나는 알고 있었다. 내일이 체류허가 기간의 마지막 날이므로 나는 곧 웨이하이로 가는 배를 타야 하고, 바다에서 밤을 새운 후 다음날 웨이하이에서 인천으로 가는 배를 타지 않을 수 없었다. 그러나 하룻밤의 여유는 있었다. 다롄에서 웨이하이로 가는 바다 위에서의 하룻밤이긴 하지만 그 하룻밤은 내가 육지에서 보낸 40년보다 소중한 시간이 될 것임을 나는 알고 있었다.

"동생, 이제 작은아버지 배에 올라 좀 쉬시게 해야지. 동생을 웨이하이에서 만날 줄 알고 웨이하이 가는 배표를 미리 샀어. 작은아버지 모시고 선실로 가자."

금자누이의 말에 나는 아버지와의 포옹을 풀었다. 아버지의 손을 잡은 채 청사로 발길을 옮겼다. 아버지가 기차로 북한땅 구성(龜城)을 떠나 중국 지안(集安)을 거쳐 통화(通化)역에 내려 버스를 타고 류허로 오는 데 열두 시간이 걸렸고, 류허에 도착하여 내가 열 시간 전에 그곳을 떠난 사실을 알고 신발도 벗지 않고 곧장 류허를 떠나 열두 시간 만에 다롄에 도착했다고 금자누이가 옆에서 걸으며 장황하게 설명했다. 나는 아버지의 안색을 살폈다. 몹시 피로한 기색이었으나 여전히 미소 짓고 계셨다.

우리 부자는 객실 안으로 들어섰다. 통로를 따라가며 승객들로 빽빽이 들어차 있는 객실 안을 둘러보았다. "동생, 여기, 여기 자리 잡았어" 하는 소리가 들려오는 곳으로 시선을 주었다. 어느새 우리 부자보다 한발 앞

질러 승객들 사이를 비집고 들어간 금자누이가 선실 구석 한곳에 큰 대(大)자로 드러누워 있었다.

우리 부자는 그곳으로 가 자리를 잡았고, 금자누이는 어디론가 다시 나갔다. 나는 벽 쪽 선반에 있는 담요를 꺼내 마룻바닥에 깔았다. 그 위에 아버지를 앉히고, 아버지의 양말을 벗겼다. 내 시선이 아버지의 발에 잠시 머물렀다. 분명 아버지의 발도 내 발처럼 평발이었다. 나는 아버지의 발을 두 손으로 천천히 주무르기 시작했다. 아버지가 움찔하며 발을 빼려고 했다. 나는 더 힘을 주어 아버지의 발을 놓아주지 않은 채 미소만 지었다. 아버지의 두 눈 사이에 깊은 주름이 잡히더니, 다음 순간 주름이 펴지면서 눈물이 두 뺨을 타고 흘러내렸다. 아버지는 얼른 고개를 옆으로 돌리셨다. 우리 부자는 한참 동안 주위의 떠들썩한 중국인 승객들의 모습을 멍하니 보고 있었다.

4

"괜찮다. 고만 해라. 너도 피로할 텐데."

아버지가 당신의 발을 주무르는 나에게 말씀하셨다. 놀랍게도 아버지는 경상도 사투리가 아닌 표준말로 말씀하셨다. 이 점부터가 어머니와는 전혀 다른 부류에 속함을 확인시켜주었다. 나도 표준말을 쓰기로 했다. 나는 아버지의 말을 못 들은 체 주무르기를 계속했다.

"좀 누우세요."

"아니 괜찮다. 기차에서 많이 잤다."

아버지는 한결 편안해진 얼굴로 말했다.

"너 음악가가 되었다면서?"

"네."

"무슨 음악을 하지?"

"색소폰을 불고 있어요."

"그래? 꽤 힘들 텐데. 나도 젊었을 때 색소폰을 불었지."

"알고 있어요. 아버지가 두고 가신 색소폰을 그대로 가지고 있어요."

"그래? 아직도 소리가 나나?"

"그럼요. 혼자서 불 때만 사용해왔으니까요."

나는 두 손으로 색소폰 부는 시늉을 했다. 아버지는 미소 지으셨다.

"아버지 누우세요. 제가 안마해드릴게요."

괜찮다는 아버지를 억지로 눕게 하고, 나는 아버지의 다리를 주무르기 시작했다. 길쭉한 발과 길고 마른 다리를 가진 어머니와는 달리 아버지는 나처럼 짤막하고 삐뚤어진 다리를 가지고 있었다.

그때 건장한 두 청년이 다가와 누워 있는 아버지를 가리키며 중국말로 씨부렁거리기 시작했다. 나는 얼른 주머니에서 5달러짜리 한 장을 꺼내 그들 앞에 내밀었다. 그들은 그것을 받아 쥐고 얼른 돌아섰다. 놀란 표정을 지으며 벌떡 일어나신 아버지를 나는 다시 뉘었다.

"수입이 좋으니?"

아버지가 걱정스레 물으셨다.

"네, 생활 걱정은 없어요. 집도 마련했구요."

"돈은 아껴 써라."

"네."

"진숙이와 영숙이도 잘 있지?"

"네, 잘 있어요."

"진숙이는 공부 잘한다면서?"

"네, 할아버지처럼 학교 선생님이 되겠다고 해요. 영

숙이는 피아니스트가 될 거래요."

"잘 키워라. 에미도 아껴주고. 아이들 생애 동안 전쟁이 다시 일어나지 말아야 할 텐데. 너의 어머니도……."

말끝을 맺지 못하는 아버지의 얼굴을 보았다. 눈을 꼭 감은 채 상념에 잠기신 것 같았다.

"어머니는 지금은 혼자 사시지만 제가 어릴 때 재혼했었어요."

내가 천천히, 그러나 분명하게 말했다.

"잘한 짓이다."

아버지의 말에 동의하지 않는다는 뜻에서 나는 침묵을 지켰다.

"고만 주물러도 된다. 이제 피로가 풀렸다."

"아니 괜찮아요."

나는 계속해서 주물렀다.

기적 소리가 들려왔다. 배가 움직이기 시작했다.

"아버지, 배가 떠나는가 봐요."

"웨이하이까지 몇 시간이나 걸리나?"

"약 열 시간 정도 걸리는 것 같아요."

"내일 웨이하이에서 떠나야 된다면서?"

"네, 체류허가가 연장되지 않아서 떠나야 할 것 같아요."

아버지가 마른기침을 두어 번 하셨다.

"아버지는 중국에 언제까지 계실 거예요?"

"2개월 허가를 받았으니……."

아버지가 말끝을 맺지 못하고 머뭇거렸다.

"2개월 동안 계세요. 제가 다시 올게요."

"그럴 수 있나?"

"그럼요. 서울에서 다시 입국허가를 받으면 돼요."

"너무 돈이 많이 들지 않아?"

"괜찮아요. 돈은 충분히 있어요."

아버지가 흡족한 표정을 지으셨다.

"내가 이곳에 빨리 왔었으면 좋았을 텐데. 오늘내일하면서 그렇게 애를 먹였으니……."

아버지는 옆으로 돌아누우시면서 말끝을 흐렸다.

"아버지, 걱정 마세요. 빠른 시일 내에 다시 만나게 될 거예요. 다음 번에 뵐 때는 색소폰을 가지고 와서 아버지께 〈오 대니 보이〉를 들려드릴게요."

나는 아버지의 손을 잡으며 말했다.

"〈오 대니 보이〉를 좋아하냐?"

아버지가 미소 지으면서 말씀하셨다.

"그럼요. 제 십팔번이에요."

"그래? 내 십팔번도 〈오 대니 보이〉였지."

"그러니까 부자지간이지요."

우리는 서로 미소 지어 보였다.

잠시 후 금자누이가 도시락을 들고 나타났다. 도시락 뚜껑을 열자 돼지고기 냄새가 물씬 풍겼다. 구역질이 나는 것을 억지로 참았다.

아버지는 일어나 금자누이와 함께 밥 위에 돼지고기가 얹힌 도시락을 맛있게 드시기 시작했다. 도시락을 먹는 둥 마는 둥 하는 나를 보고, "왜 맛이 없니?" 하고 금자누이가 물었다.

"아니요. 배가 고프지 않아서요."

"그럼 이리 다오. 작은아버지 더 드리게."

"아니다. 나는 괜찮다."

아버지가 말씀하셨다. 내가 도시락을 금자누이 앞에 놓았다. 금자누이는 자신의 도시락통에 조금 덜고는 이미 거의 비워진 아버지 도시락에 나머지를 덜어 놓았다.

"작은아버지, 이렇게 훌륭한 아들을 보니 얼마나 좋

아요."

금자누이가 입속에 음식을 우물거리며 말했다.

"좋구말구. 이제 죽어도 한이 없다."

선실 내 스피커에서 요란한 소리가 났다.

"작은아버지는 이런 아들을 작은어머니 뱃속에 두고 어떻게 월북하셨어요?"

바로 내가 하고 싶었던 질문을 대신해준 금자누이에게 나는 마음속으로 고마워했다.

"하고 싶어서 했나? 잠시만 올라가 있다가 다시 고향으로 갈 수 있다고 해서 그랬지. 점점 올라가보니 결국 북조선으로 가게 됐지."

그러면 그렇지, 하고 나는 마음속으로 쾌재를 불렀다. 아버지는 결코 나를 버리지 않았다는 것을 확인했기 때문이다.

"동생, 이제 나도 가슴이 후련하다. 작은아버지를 보지도 못하고 동생을 보내니 가슴이 찢어지는 것 같았는데 동생도 이제 소원 성취했으니 돌아가서 일에 열중해야지. 내 초청장 보내는 것 잊지 말고."

"걱정 마세요. 서울에 가서 곧 해 보낼게요."

"동생, 고마워. 내 동생 신세 안 지고 열심히 일해 영석 아버지 약도 사고 영석이 대학 가는 비용도 벌 테니까."

"그래, 네가 누이를 도울 수 있으면 도와줘라."

아버지가 옆에서 거들었다.

"네, 아버지. 걱정 마세요."

아버지의 빈 도시락통을 받아 들고 마실 물을 가지고 오겠다며 금자누이는 일어나 나갔다. 아버지는 벽에 등을 기대고 다리를 뻗으셨다.

"아버지, 어머니하고 어떻게 만나셨어요?"

나는 아버지의 다리를 주무르며 조심스럽게 물었다.

"집안 어른들이 중매를 섰지. 너의 어머니가 미인이라고 주위에 소문이 자자했다. 나하고 일곱 살 차이가 났지."

"어머니 집안은 어땠어요?"

아버지는 의아스러운 표정으로 나를 보았다.

"남양 홍씨 집안이지. 선비 집안이었어. 너의 외조부가 일찍 돌아가셔서 형편이 어려웠었지. 왜?"

내가 왜 어머니 집안에 대해 묻는지 궁금하다는 듯 아버지가 물으셨다.

"아니, 그냥 궁금해서요……. 어머니 젊었을 때 성격은 어땠어요?"

"좀 활달한 편이었지. 할 말이 있으면 꼭 해야지 속에 담고 있지 못하는 성격이었다."

아버지는 과거를 회상하듯 머리를 뒤로 젖히셨다.

잠시 침묵이 흘렀다. 떠들썩한 중국말이 더 시끄럽게 들려왔다.

"어머니는 아버지와 너무나 다른 것 같아요."

나는 아버지가 어떤 반응을 보일지 궁금했다.

"그런 소리 마라. 너의 어머니는 전쟁만 없었다면 그렇게 기구한 인생을 살진 않았을 게다."

아버지가 속삭이듯 말했다. 아버지의 다리를 주무르는 내 손에 나도 모르게 힘이 들어갔다.

"그렇지 않아요, 아버지……. 좀 누워 계세요. 제가 물을 가지고 올게요. 물 드시고 주무세요."

자리에서 일어나며 내가 말했다.

"자기는…… 내일 너 떠난 후 자면 되지. 걱정 마라."

아버지의 말씀을 뒤로하고 나는 선실을 나와 갑판 위로 올라갔다. 차가운 겨울 바닷바람을 깊숙이 들이마시며 답답한 가슴을 달랬다.

갑판 위 수돗가에서 긴 줄의 앞쪽에 서 있는 금자누이를 만났다. 물을 가지고 선실로 돌아오니 아버지는 깊은 잠에 빠져 있었다. 나는 담요를 덮어드리고 아버지 옆에 앉았다. 구질구질한 아버지의 의복을 보며 내일 웨이하이에 도착하자마자 양복과 내의를 사드려야겠다고 마음먹었다. 나는 아버지 옆에 누워 뜬눈으로 밤을 새우기로 작정했다. 아버지의 체취와 고른 숨소리를 한순간이라도 놓치고 싶지 않아서였다.

얼마나 지났을까. 누군가 내 어깨를 흔들었다. "인구야, 이제 다 왔어" 하는 아버지의 목소리가 들려왔다. 나는 누운 자리에서 벌떡 일어나 아버지와 마주 앉았다.

"언제 일어나셨어요?"

"오래됐어. 늙으면 새벽잠이 없는 법이야."

아버지는 내 손을 잡으며 미소 지으셨다.

"금자누이는 어디 갔어요?"

"짐을 가지고 먼저 내려갔다."

"그사이 뭐하셨어요?"

"네가 자는 모습을 보고 있었지. 얼마나 편안해 보이던지, 시간 가는 줄을 몰랐어."

"죄송해요, 아버지."

나는 자리에서 일어나 짐을 챙기기 시작했다.

우리 세 사람은 배에서 내렸다. 출국수속을 밟을 때까지 시간이 있었으므로, 우리는 청사를 나왔다. 나는 애써 사양하는 아버지를 모시고 금자누이와 함께 상점으로 갔다. 회색 양복 한 벌, 내의 세 벌, 양말 다섯 켤레, 흰 와이셔츠, 줄무늬 넥타이, 검은색 구두 한 켤레, 그리고 와이셔츠 위에 입는 푸른색 스웨터를 샀다. 아버지가 옷을 갈아입는 사이 나는 아버지가 입었던 옷가지를 하나도 빼놓지 않고 내 가방에 챙겨 넣었다.

　　잠시 후 새 옷을 입은 아버지의 모습을 바라보았다. 나는 내가 지니고 있던 볼펜을 아버지 상의 윗주머니에 꽂아드렸다. 틀림없는 보통학교 선생님의 모습이 드러났다. 아버지의 참모습을 찾아준 중국 돈 7백 위안, 한국 돈으로 환산하면 10만 원도 안 되는 돈에 감사했다.

　　상점에서 나와, 출항시간이 두 시간이나 남았는데도 잘못하면 배를 놓치겠다고 서둘러대는 금자누이를 따라 아버지와 나는 웨이하이 항 여객선 청사를 향해 천천히 발길을 옮겼다.

　　"시장하시지 않으세요?"

"괜찮다."

"시간이 있으면 좋은 식당에 아버지를 모시고 가고 싶은데……."

"걱정 마라. 너 떠나는 거 보고 금자하고 먹겠다."

나는 걸으면서 주머니를 뒤져 있는 달러를 모두 꺼내 아버지에게 내밀었다.

"이 돈으로 중국에 계실 동안 쓰세요. 좋은 음식도 드시고 여행도 하시고……."

"이렇게 많은 돈을……."

"많지도 않아요. 중국돈으로 환산해 8천 위안도 안 돼요."

아버지가 깜짝 놀라는 표정을 지으셨다.

여객선 청사 앞에 도착하니 배를 타려는 사람들로 인산인해를 이루어 그야말로 아비규환이었다. 이리저리 떼밀리는 사람들 사이를 뚫고 어느새 중간쯤에 자리를 잡은 금자누이가 우리에게 빨리 오라고 손짓했다. 나는 아버지의 손을 꼭 잡고 군중 속을 헤치고 나아갔다. 청사 문은 아직 열리지 않고 있었다.

"이 사진 잘 간직해둬."

아버지가 내 앞으로 한 장의 사진을 내밀며 말했다.

나는 사진을 받아 물끄러미 보았다.

"북조선에 있는 네 동생들이야. 언젠가 서로 만나게 되겠지."

사진 속에는 앞쪽 가운데에 아버지를 두고 뒤쪽에 세 남자와 한 여자가 서 있었다.

"네 첫째 동생은 결혼해 농사를 짓고 있고, 둘째랑 셋째는 직장에 다니고 있다."

아버지가 사진 속의 남자 셋을 하나하나 짚어가며 말했다.

"이 여자 분은……."

아버지가 사진 속의 여자에 대해서는 아무 설명이 없어 내가 말을 꺼냈다.

"북에서 재혼한 여자다."

아버지는 계면쩍어하며 답했다.

"네, 그러시군요. 정말 미인이세요."

"애들 에미는 이 사진을 찍은 다음해에 세상을 떠났다."

아버지가 시선을 딴 곳으로 보내며 말했다.

"어떻게요?"

"몰라, 무슨 병인지. 그냥 시름시름 앓다가 갑자기

죽었지. 워낙 몸이 약해서……."

"연세가 어떻게 되었는데요?"

"지금 살아 있으면 예순이 될 게다. 쉰일곱에 죽었지. 나하고 열 살 차이니까."

나는 사진 속의 여자를 자세히 보았다. 갸름한 얼굴에 원피스를 입고 있는 여자는 사진으로 보아도 굉장한 미인임에 틀림없었다.

"북한 출신이셨어요?"

"아니, 고향이 경상남도지."

"어떻게 만나셨어요?"

"전쟁이 끝난 후 결혼했지."

아버지는 나의 질문에 엉뚱한 답을 했으나 별로 신경 쓰지 않았다. 나는 사진을 속주머니에 넣었다.

"어머니한테는 보이지 마라."

아버지는 지나가는 말처럼 말했다. 나는 속으로 웃었다. 그래도 한때 살을 섞었던 여편네라고 질투를 할까 봐 염려하는 아버지의 순진함 때문이었다.

"어머니한테는 보이면 안 돼."

아버지는 다시 한 번 당부했다. 나는 그러겠다는 표시로 아버지의 손을 꼭 잡아드렸다.

얼마 후 청사 문이 열리자 사람들에게 떼밀리듯이 청사 문 쪽으로 가까이 갔다. 청사 문 안으로 들어서기 전 나는 아버지에게 "건강하세요"라고 말했고, 아버지는 나에게 "나는 상관 말고 어머니한테 잘해줘라, 불쌍한 여자다"라고 말씀하셨다.

청사에 들어서면서 나는 아버지를 힐끔 뒤돌아보았다. 어머니를 '불쌍한 여자'라고 생각하는 아버지가 어떻게 이 험한 세상에서 살아남을 수 있었을까, 하는 의문이 들었다.

청사 안에 들어서서도 30분 넘게 이리저리 밀리다가 거의 마지막 차례로 여권 심사대 앞에 섰다. "파이브 달러"라며 나에게 손을 내미는 여권 심사관과 마주했을 때에야 수중에 달러가 한푼도 없다는 사실을 깨달았다. 5달러 출국세를 내지 않는 방법은 없었다. 나는 청사 출구 쪽으로 뛰어갔다. 청사 문을 나서자 텅 빈 광장이 나를 맞이했다. 광장을 둘러보았다. 광장 한곳 양지바른 곳에 앉아 도시락을 먹고 있는 아버지와 금자누이의 모습이 보였다.

나는 "아버지" 하고 부르며 아버지에게 다가갔다.

"아버지 5달러만 주세요. 출국하는 데 5달러가 필

요해요."

아버지가 벌떡 일어나시며 주머니에서 내가 준 돈 뭉치를 꺼내 들었다. 나는 그중에서 5달러짜리 한 장을 집었다.

"더 가지고 가라."

"필요 없어요. 그럼 안녕히 계세요."

"동생, 올케하고 조카들에게 안부 전해. 그리고 초청장 잊지 말고."

금자누이의 말을 뒤로하고 청사 쪽으로 뛰어갔다. 뛰면서 손에 든 지폐의 촉감을 만끽하고 있었다. 그것은 분명히 아버지가 나에게 준 첫 번째 돈이고, 나는 그 돈으로 가족을 만나러 갈 수 있기 때문이었다.

5

중국에서 아버지를 만난 지 7개월이 지난 어느 날 새벽, 나는 남산 기슭에 위치한 집을 나섰다. 택시를 주차해놓은 곳으로 걸어가면서 간밤에 꾼 꿈 생각이 났다. 꿈속에서 내가 다시 중국에 가 아버지에게 돈을 주었고, 아버지는 '이렇게 많은 돈을!' 하면서 기뻐하셨다.

집 앞 골목에 세워둔 택시에 올라타고 시동을 걸었다. 나는 빈 택시라는 표시등도 켜지 않은 채 골목길을 빠져나와 남산 주위의 한적한 거리를 질주해나갔다. 나는 이때를 좋아했다. 이때쯤이면 이런저런 과거에 얽힌 회상에 잠겨 있게 마련이었다. 내가 이야기하는 과거란 물론 아버지와 만난 후부터를 의미하는 것이며, 그 이전의 과거는, 특히 어머니와 연관된 과거는 내 기억에서 사라진 지 꽤 오래되었다.

아버지에게는 직장을 떠날 수 없어 이번에는 중국에 갈 수가 없으니 아버지도 북한으로 가셨다가 내년에 중국에서 다시 만나자고 편지를 올렸다. 그러나 진정한 이유는 돈 문제였다. 최소한 5백만 원은 있어야 내 여비는 물론이고 무엇보다 아버지에게 경제적으로 도움이 될 것 같았으나, 나에게는 그만한 돈을 구할 능력이 없었다. 아버지 연세가 아직 일흔 살밖에 되지 않았고 건강하시니 이번 기회가 아니더라도 충분히 다시 만나뵐 수 있으리라 자위하는 수밖에 없었다.

중국에서 귀국한 뒤로 3개월을 그대로 보내버렸다. 류허에서 마지못해 먹은 음식 때문인지, 귀국 직후부터 시름시름 앓기 시작하여 병원을 들락거리며 한 달을 보냈고, 건강을 어느 정도 회복하고부터는 직장을 구하러 여러 곳의 카바레를 찾아다니며 두 달을 허비했다.

그러나 지금 돌이켜보니 전혀 허송세월만은 아니었다. 그 기간 동안 나는 현실의 냉혹함을 절감했다. 중국에 다시 가 아버지를 만날 여비를 마련하기는커녕 세 식구를 먹여 살리는 것도 얼마나 어려운 일인지 뼈저리게 느꼈다. 카바레 악단은 내가 중국에 있었던 3개월을 기다려주지 않았다. 귀국 후 다른 카바레를 여러 군데 찾아가보았으나 마흔 살이 넘은 색소폰 연주자를 환영하는 곳은 한 군데도 없었다. 뿐만 아니라 아버지를 뵈러 갈 때 진 빚과 3개월간의 공백은 내 가정의 경제상태를 엉망으로 만들어놓았다. 호구지책으로 아내가 파출부로 나설 정도였으니 집안 사정은 한마디로 박살이 난 셈이었다. 그러한 상황에서도 두 딸이 경제적인 핍박을 느끼지 못한 것은 순전히 아내의 헌신적인 노력 때문이었다. 그리고 보니 아내가 아주 착한 여자라는 사실을 결혼 후 처음으로 깨달은 셈이었다.

나도 명색이 한 집안의 가장인데 어린 두 딸을 생각

해서라도 그냥 죽치고 집 안에 틀어박혀 있을 수가 없었다. 여러 가지 궁리 끝에 택시 기사로 취직했다. 처음에는 색소폰 연주자로 직장을 얻을 때까지 임시방편으로 얻은 일이었으나, 지금까지 4개월 동안 별 불만 없이 택시 기사로 일하고 있다. 택시 기사라는 직업에 만족하고 있다는 말은 물론 아니다. 내가 부는 색소폰 음률에 껌벅 죽었을 남녀가 술에 취해 나에게 무례한 승객 행세를 했을 때 말 못할 비애도 느꼈지만, 시간이 흐름에 따라 색소폰 연주자라는 직업보다 택시 기사라는 직업이 못할 게 없다는 생각이 들기 시작했다. 아니, 나한테 가장 적합한 직업일지도 모른다는 생각이 들 때도 있었다.

이틀에 하루씩 쉬긴 해도, 새벽 4시 반부터 밤 12시까지인 근무시간이 좀 고된 건 사실이었다. 하지만 내가 이 직업을 좋아하는 이유가 있었다. 아버지가 그리워질 때마다 새벽 4시 전에 집을 나서서 남산 중턱으로 가 아버지를 위해 색소폰을 불며 아버지와 은밀한 이야기를 나눌 수 있기 때문이었다.

거의 무의식 속에서 운전하던 나는 국립극장의 음산한 외형이 시야에 들어왔을 때야 어수선한 상념에서 빠져나올 수 있었다. 남산 입구에 위치한 국립극장 구내에 세워져 있는 시계탑이 4시 5분을 가리키고 있었다. 텅 빈 주차장에 주차한 후 택시에서 내렸다. 두 손에 색소폰과 악보 받침대를 각각 들었다. 국립극장 구내를 걸어 나와 오른쪽으로 꺾어 남산으로 발길을 옮겼다.

약 1년 전부터 '남산 제 모습 찾기 운동'의 일환으로 자동차의 통행이 금지된 차도에 들어서 가로등 밑을 따라 걸어갔다. 1년 전까지 자동차로 꽉 들어찼을 이 도로는 이제 새로운 정취를 물씬 풍기고 있었다. 남산이 오랫동안 지녀온 깊은 상처가 아물고 있다고 봐야할 것 같았다. 아스팔트길 양쪽으로 들어선 무성한 숲은, 철책이 가로막고 있긴 하지만 다시 힘차게 뻗어나가고 있었고, 오른쪽 나무 사이로 둥근 달이 교교히 떠있었다. 이때면 항상 나는 마음의 평화를 되찾는다.

가로등이 비춰주는 커브길 앞쪽에서 남자들의 목소리가 들려왔다. 나는 움찔했다. 맞은편에 두 남자의 모습이 보이자 나는 색소폰 케이스를 왼쪽 옆구리에 바짝 끼고 악보 받침대를 잡은 오른손에 힘을 주었다. 그러나 그들이 가까이 왔을 때 한 남자의 옆구리에 찬 무

96

전기에서 나는 소리로 보아 그곳을 순찰 중인 사복경찰임에 틀림없다는 생각이 들었다. 나는 그들이 내 옆을 스쳐가며 보내는 의심의 눈초리를 멀리하고 커브길을 돌아갔다.

왼쪽 나무 위에 걸쳐진 달과 오른쪽에 높이 솟은 남산 타워가 보였다. 20미터쯤 걸어가니 아스팔트 위에 흰 글씨로 크게 씌어진 '1000'이라는 숫자가 홀로 서 있는 가로등 불빛에 희미하게 드러났다. 1킬로미터를 걸었으니 곧 나만의 은밀한 안식처에 다다를 것이다. 곧 사방이 컴컴해지면서 저 멀리 가로등 하나가 비춰주는 은은한 불빛이 시야에 들어왔다. 바로 이 아늑한 안식처에서 나는 아버지를 위해 〈오 대니 보이〉를 연주하고 아버지와 대화를 나누곤 한다. 오늘은 특히 아버지의 조언이 꼭 필요한 일이 있다. 다름이 아니라 금자누이의 초청장 문제다.

귀국한 지 7개월이 지난 지금까지도 초청장을 보내지 않았다. 그사이 금자누이의 남편과 금자누이가 나에게 보내온 여러 통의 편지 내용으로 보아 매우 섭섭해하고 있는 것 같았고, 초청장을 보내지 않은 사실을 아시면 아버지도 나를 오해하실지 모를 일이었다. 솔

직히 말해 그곳을 떠나기 전 아버지 앞에서까지 금자누이에게 단단히 약속한 초청장을 아직까지 보내지 못한 데는 나름대로 이유가 있었다.

귀국 후 직장을 잃고 아내의 파출부 수입으로 가계를 꾸려나가야 하는 집안의 경제적 형편도 문제려니와, 고의적으로 속인 것은 아니었지만 그래도 수입이 좋고 대접을 받는 국립취주악단의 색소폰 연주자로 알려진 내 직업이 사실 택시 기사라는 것을 금자누이에게 드러내놓고 싶지 않았다. 그리고 금자누이가 서울에 있을 동안에는 우리 집에 눌러앉아 있을 판이니 그것도 고생하는 아내에게 할 짓이 아니었다. 숙식이 제공되는 마땅한 일자리를 찾아내거나 내 형편이 나아질 때까지만 기다리자고 미적미적 미루다 보니 오늘에 이르고 만 것이다.

그러나 얼마 전에 금자누이 남편의 편지를 받은 이후로 더 이상 미루었다가는 크게 오해받을 것 같다는 위기감이 들었다. 무엇보다 아버지가 이 사실을 알면 얼마나 섭섭해하실까 생각하니 숨이 막혀왔다. 편지를 받은 후 답답한 마음에서 내 나름대로 노력은 해보았다. 나이 듬직한 승객에게, "중국에 가보셨습니까? 제

사촌누이가 그곳에 있는데요. 워낙 착해서 혹시 가정부라도 필요하시면……" 하고, 별 성과는 없었지만 일자리를 구하려고 시도해보기도 했다.

나는 외로이 서 있는 가로등 밑에서 멈추었다. 속주머니에서 한 통의 편지를 꺼내 가로등 불빛에 비춰 읽기 시작했다. 아버지가 좋은 조언을 해주시기 바라며, 마치 아버지에게 읽어드리듯이 속으로 천천히 읽어나갔다.

인구처남에게.

나에게 처남이 여럿 있지만 그래도 오늘날까지 '처남'이라고 부르는 진짜 처남은 자네밖에 없네. 이는 아마 자네가 나에게 남겨준 인상이 제일 깊고, 서로 간의 감정이 잘 통하여 서로 믿어주기 때문이겠지!

처남이 귀국한 후 가정형편은 말이 아니다. 우리는 그래도 초청장이 오면 인차 출국할 예정으로 통허에 가서 돈천 원을 꾸어왔지만 초청장은 종무소식인 데다 작은아버지도 대접하고, 또 가실 때 섭섭지 않게 물건도 해드리느라 돈을 좀 썼으며, 또 아이들 공부도 시키다 보니 조선도 가기 전에 그 돈을 다 말아먹고 빚만 지고 말았다.

처남도 이곳에 와서 친히 보았겠지만 중국에서 살자면 권리가 없으면 돈이라도 있어야 남에게 업신여김을 받지 않고 큰소리치며 살지. 일단 돈 없는 거라지가 되고 보면 그 누가 사람으로 보는가! 우리들이야 한평생을 다 살아가지만 아이들이야 어떻게 벗기고 굶기고 공부를 시키지 않겠는가? 우리들에게 있어서 유일한 출구로 자네 누이가 남조선에 가서 제 힘으로 돈을 벌어야 곤난이 풀릴까 하네!

오늘날 생각해보니 우리들이 해야 할 앞처리도 하였고 생활난에 쪼들리기에 처남에게 렴치불구하고 초청을 요구하였댔는데 처남은 무슨 고려가 그리 많은지? 혹시 처남이 중국 방문을 했을 때 우리들이 섭섭하게 대한 일이 있는지? 우리들은 가정생활이 충족하지 못하고 또 능력조차 없으니 처남의 요구를 만족시켜주지 못한 듯도 하네. 그러나 처남이 량해해줘야지! 어쨌든 간에 이번 초청만은 꼭 해주기를 바라네.

이곳 정세는 처남이 왔을 때와는 완연히 달라 모두들 지금 한창 한국 방문에 열을 올리고 있네. 진작 간다던 우리는 가지 못하고 있으니 동네 사람들에게 부끄럽기만 하네. 고난 속에서 허덕이는 우리는 우리의 구원자인 처남만 믿네! 아무 때건 하루 속히 초청해주기 바라네.

처남의 건강과 가족의 평안을 빌며 초청장을 바라네.

1992. 8. 5.
자형으로부터

초청장을 보내지 못한 데 대한 죄의식이 나를 짜증나게 했다.

나는 금자누이 남편의 편지를 접어 속주머니에 넣었다. 그러고 나서 악보 받침대를 가로등 불빛 바로 밑 가장 잘 보일 듯한 곳에 세워놓고 색소폰 케이스를 열었다. 먼저 색소폰 옆에 포개져 있는 아버지의 옷을 꺼냈다. 내 얼굴을 그 옷에 푹 파묻었다. 아버지의 체취가 조금도 흐트러짐 없이 고스란히 있었다.

나는 악보를 꺼내 〈오 대니 보이〉 페이지를 펼쳐놓았다. 색소폰을 두 손으로 잡고 입으로 가져갔다. 딱딱하나 매우 부드러운, 어릴 적부터 내 입에 잘 길들여진 색소폰 주둥이를 입에 대자 평온함이 가슴을 파고들었다. 나는 색소폰을 불기 시작했다. 수천 번도 더 불어본 곡이지만 시선은 악보를 떠나지 않았다. 고향에서 다닌 초등학교 시절 도시락을 싸가지 못해 학교 건물

뒤쪽 동산에 올라가서도 악보에 시선을 집중하면 배고 픔을 잊을 수 있었고, 서울에서 야간 고등학교를 다니 며 중국 음식점에서 일할 때도 남산 중턱 나무 밑에서 악보를 보고 색소폰을 불면 서글픔을 잊을 수 있었다.

도시의 자동차 소음을 뒤에 두고 도시의 오염된 공기를 발 아래 멀리 두고 나는 오늘도 〈오 대니 보이〉의 음률 속에 과거를 다독거려주고 현재를 잊어버리고 미래를 채색하고 있다.

젊은 남녀 한 쌍의 모습이 나타나 내 앞에 잠시 서 있는 듯하다가 멀어져갔다. 순찰차가 내 앞을 지나며 속도를 줄이더니 다시 사라졌다. 나는 눈을 감고 〈오 대니 보이〉의 마지막 소절을 불며 아버지의 목소리가 들려오기를 바랐다. 〈오 대니 보이〉를 다 끝낼 때까지 아무 소리도 들리지 않았다. 흔들리는 나뭇잎 소리와 숲 속을 헤집는 다람쥐 소리와 때늦은 매미 소리 이외 에는.

나는 잠시 그 자리에 머물러 있었다. 잠시 후 색소폰 을 케이스에 넣고 악보 받침대를 접었다. 두 손에 하나 씩 들고 올라왔던 길을 다시 내려가기 시작했다. 아버 지의 조언을 들을 수 없어 섭섭했으나 내일, 그리고 앞으로 다가올 모든 내일에도 이곳에 와 색소폰을 불 수 있다는 생각에 마음이 흐뭇해졌다.

초가을 새벽바람이 내 얼굴에 와 닿았다. 눅눅하나 찐득찐득한 강인함이 바람 속에 배어 있었다. 마치 어머니의 마음처럼……

어머니…… 중국에서 아버지를 만나고 온 후 춘천에 있는 어머니를 찾아가보지 않았다. 특별한 이유가 있어서가 아니라 어머니 생각이 나지 않아서였다. 아마 아버지를 만나러 가기 전 어머니를 만나보고 춘천 보신탕집을 나서면서, 아버지를 찾은 이상 어머니와의 인연을 끊겠다고 한 결심 때문이었던 것 같다. 문득 이상한 느낌이 들었다. 특별한 이유 없이 어머니가 연상된 것이 마치 누가 시킨 것 같았다.

아버지가? 그렇다. 아버지가 나에게 조언을 해준 것 같았다. 어머니를 만나 춘천 보신탕집에서 금자누이가 일할 수 있도록 부탁하고 금자누이를 초청하라는 것이다. 왜 미처 그런 생각을 하지 못했을까? 나는 갑자기 마음이 홀가분해졌다. 오늘 일을 빨리 끝내고 저녁에 춘천에 가 어머니를 만나기로 결심했다.

남산에서 내려와 국립극장 구내로 들어섰다. 내 택시

만 달랑 서 있었다. 나는 차 문을 열고 자리에 앉았다. 시동을 걸고 오른손으로 철컥 미터기를 꺾었다. 국립 극장 구내를 빠져나가 좌회전하여 장충동 로터리로 향했다. 신호등이 바뀌어 정지했다. 로터리 건너편 해장국집에서 나오는 술꾼들이 내가 맞이하는 첫 번째 손님이게 마련이었다.

신호등이 바뀌었다. 나는 서서히 액셀러레이터를 밟았다. 내 두 눈은 승객을 찾고 있었으나, 내 머리는 트렁크 속에 든 아버지의 옷과 지갑 안에 든 사진 속의 북한 동생들 생각으로 꽉 차 있었다.

6

내가 춘천에 도착해 택시를 멀리 세워둔 채 보신탕집 문을 열고 들어섰을 때는, 꽤 늦어 거의 파장 분위기였다. 구석 테이블 서너 곳에 취해서 떠드는 무리를 제외하고는 텅 빈 식당 안은 한 차례 태풍이라도 지나간 듯, 테이블 위와 바닥이 지저분했다. 환기가 제대로 안 된 탓인지 담배연기로 꽉 찬 실내에는 보신탕집 특유

의 시큼한 냄새가 배어 있었다. 역시 사람에게는 타고
난 직업이 있는지, 그 냄새가 어머니의 과거를 잘 대변
해주는 것 같아 나는 속으로 피식 웃었다.

어머니가 앉아 있어야 할 계산대는 텅 비어 있었다.
식당 안을 두리번거리자, 구석 테이블 한곳에 있는 사
람들 속에서 몸을 흐느적거리며 일어나는, 나이에 비
해 몸에 너무 들러붙는 원피스를 걸친 어머니의 모습
이 보였다. 꽤 거리를 두고 보았는데도 어머니가 벌
써 몇 차례 주석(酒席)을 돌았음을 한눈에 알아볼 수 있
었다. 어머니의 그런 모습은 되살아나는 악몽, 숨막히
는 악몽이었다. 이유 모를 분노가 가슴속에서 치밀어
올라, 금자누이의 취직을 부탁해보려던 원래의 목적은
간데없고 얼른 그곳을 뛰쳐나오고만 싶었다.

"아이구, 이 자슥아. 우예 한 번도 연락 안 했노?"

어머니는 내 두 손을 맞잡으며 갑자기 아들의 안위를
걱정하는 어진 어머니 행세를, 술의 도움을 받아 멋들
어지게 해냈다.

"무소식이 희소식이라 안 캅니꺼?"

나는 어머니가 잡은 두 손을 빼내며 퉁명스럽게 쏘아
붙였다.

"그래, 중국에 갔다 언제 왔노?"

"한 7개월 됐심더."

"가족들은 다 잘 있제?"

"예."

"이리 앉아봐라."

어머니는 나를 식탁에 앉힌 후, "여기 고기 가지고 와봐라" 하고 주방을 향해 소리쳤다.

"저녁 먹었심더."

"그래도 좀 묵어라. 니 얼굴에 우예 이리 윤기가 없노? 밥은 잘 묵나?"

"……."

"우째 사노?"

"밥 묵고 살 만합니더. 걱정 마이소."

나는 툭 쏘아주었다.

"애들은 건강하제?"

"예."

"애들 공부는 잘하고?"

"걱정 없심더."

"그라믄 됐다. ……너무 욕심부리지 마라."

대화가 치닫는 방향에 짜증이 났다. 아버지를 만나고

왔다는 것을 빤히 알면서 아버지에게 관심이 없을 리
만무한데 넉살을 떠는 어머니가 얄미워졌다. 나는 더
이상 어머니와 마주하며 시간을 끌고 싶지가 않았다.

"부탁이 있어서 들렀심더."

"그래, 무슨 부탁이고?"

"중국에 있는 금자누이가 한국에 와서 일하고 싶어
하는데, 여기 식당에 자리 하나 마련해줄 수 있나 캐
서⋯⋯."

긍정적인 답보다 오히려 부정적인 답을 기대하며 어
물거렸다.

"오라 캐라. 자식새끼 하나 있는 것 에미가 더럽다고
에미 취급도 안 하니⋯⋯ 내가 딸처럼 생각하고 돌봐줄
테니 오라 캐라."

앞뒤 재지 않고 모든 게 즉흥적인 어머니는 역시 어
머니다웠다.

"고맙심니더."

나는 건성으로 말했다.

"그럼 안녕히 계시소. 인자 가볼랍니더."

나는 볼일이 다 끝났다는 태도로 자리에서 일어나며
말했다.

"야야, 무신 소리를 하노? 고기라도 몇 점 묵고 가야제. 고기 싸줄 테니 아아들한테도 갖다주고……."

어머니는 내 의향도 묻지 않고 주방에 대고 고기를 가져오라고 소리쳤다.

"저노무 가시나들, 일 시킬라 카이 우째 이리 힘이 드노. 니 여기 잠깐 있거라. 내 주방에 갔다 오마."

어머니는 자리에서 일어나려고 했다.

"고만두이소. 아이들 개고기 안 먹십니더."

"그럼, 에미한테나 줘라."

"에미도 안 먹십니더."

"그래도 가지고 가봐라."

"중국에서 아버지 만나뵀심더."

나는 어머니의 표정을 살폈다.

"그래? 건강하제?"

40년이 넘게 헤어져 있던 남편의 안부를 묻는 말투라기보다 먼 친척 어른의 안부를 묻는 말투였다.

"예, 아주 건강하십니더."

"그노무 영감태기 복도 많지……. 아 참, 에미 줄라고 스웨터 하나 사두었다. 가지고 가거라."

"아버지는 북한에서 결혼해서 잘살고 계십니더."

어머니가 이미 알고 있는 사실이지만 다시 얘기해주었다.

"애들한테도 뭐 사주어야 되겠는데, 뭐가 좋을꼬……."

"아들만 셋이 있고요."

이것도 이미 아는 사실이지만 덧붙였다.

"공책하고 필통 사줄까?"

동문서답을 하는 어머니가 얄미웠다. 다음 순간 지갑에 넣어둔 아버지의 북한 가족사진이 생각났다. 드디어 어머니의 콧대를 꺾어놓을 기회가 왔구나, 드디어 어머니의 가슴에 못을 박을 수 있겠구나, 하고 나는 속으로 쾌재를 불렀다.

"아버지의 북한 가족사진 보여드릴까예?"

"필요 없다. 집어치라."

나는 지갑 속에 있는 사진을 꺼내 딴청을 부리고 있는 어머니 앞으로 내밀었다. 사진에 시선을 주지도 않은 채 일어나려는 어머니의 팔을 잡고 사진을 어머니 턱밑으로 들이밀었다. 어머니는 사진을 힐끔 본 다음 얼른 시선을 다른 곳으로 돌렸다. 나는 어머니 앞 테이블 모서리에 사진을 내려놓았다.

잠시 후 어머니는 사진을 집어 들었다. 사진을 바라보는 어머니의 미간에 깊은 주름이 잡히더니 사진을 든 손이 파르르 떨렸다. 두 어깨가 허물어지듯 내려앉으며 손에 든 사진이 테이블 밑으로 떨어졌다. 어머니는 어깨를 들먹거리며 킬킬거리기 시작했다. 처음엔 그것을 어머니 특유의 방정맞은 비웃음으로 여겨 못 본 체, 못 들은 체했다. 다음 순간 어머니의 감은 두 눈에서 눈물이 주르륵 뺨을 타고 흘러내렸다.

어머니가 세상이 두 쪽 나도 아들에게 눈물을 보이지 않을 여자라고 믿어왔기 때문에 얼떨떨해졌다. 어머니는 원피스 주머니에서 손수건을 꺼내 양손으로 얼굴을 감쌌다. 그러고는 테이블 위에 엎어지듯 꺼꾸러지더니 조용해졌다. 어머니의 어깨가 처음에는 조용히, 그러다가 곧 격정적으로 흔들리기 시작했고, 커억커억 하는 울음소리가 손수건으로 막은 입에서 새어나왔다.

무슨 연유에서인지는 모르나 너무나 어머니답지 않은 행동이었으므로, 나는 혹시 그것이 근래에 얻은 어머니의 주사(酒邪)일지도 모른다는 생각을 하며 멍하니 앉아 있었다.

"그 여자가 누군지 아나?"

울음을 조금 가라앉힌 어머니가 불쑥 말했다.

"니 아버지가 새장가 든 여자 말이다."

내가 잠자코 있자 어머니가 다시 말했다. 어머니는 테이블에 엎드린 상체를 들더니 바닥을 두리번거리다 사진을 다시 집어 들었다. 사진을 두 손으로 잡고 잠시 보더니 내가 말릴 사이도 없이 갈가리 찢기 시작했다. 그러면서 어머니는 주위도 아랑곳하지 않고 정신 나간 여자처럼 울부짖기 시작했다.

"영감태기가 미쳐도 단단히 미쳤지. 선생이라는 작자가 동료 여선생을 꼬셔가지고…… 사상운동은 무슨 노무 사상운동…… 아이구야 사상운동 좋아하네…… 순진한 여선생 꼬셔가지고 사상운동한다 카고 데리고 다니다 가족 다 팽개치고, 함께 도망간 게 사상운동인가…… 세상이 우예 이리 무심할꼬? 그런 영감태기가 버젓이 살아 있다니……."

어머니는 다시 엎드려 통곡하기 시작했고 손님들의 놀란 시선이 우리에게로 쏠렸다. 어머니의 통곡은 그칠 줄 몰랐다.

모든 사람들의 시선이 어머니에게 쏠렸다. 그것은 측

은한 시선이었다. 내가 어머니에게 보내는 시선도 측은한 눈길이기를 바랐다.

다음 순간, 어머니를 가리켜 불쌍한 여자라고 한 아버지의 말이 상기되었다. 어머니가 울음 속에 한 말이 사실이라면, 지금 와서 그 말이 사실인지 아닌지는 나에게는 상관없는 일이지만, 여하튼 어머니는 세상의 누구보다도 불쌍한 여자라는 생각이 들었다.

"그 여자는 3년 전에 죽었십니더."

나는 어머니가 분명히 알아듣도록 말했다.

어머니의 통곡이 잠시 주춤하더니 이번에는 더 서럽게 울기 시작했다. 잠시 후 통곡이 끝나더니 혼잣말처럼 중얼거렸다.

"우째 그리 험한 팔자를 타고났을꼬……."

나는 어머니의 말을 신세한탄으로 알아들었다. 잠시 후 어머니는 손수건으로 눈물을 닦아내며 중얼거리듯 말했다.

"그 여자 말이다."

순간 나는 내 귀를 의심했다. 그 여자란 3년 전에 죽은 여인을 가리킴이 분명했다. 어머니는 그 여인을 이미 용서한 것일까? 아직 용서까지는 모르겠지만, 어머니는 그 여인의 처지를 가엾게 여기는 게 분명했다. 나는 어머니가 더욱 측은하게 여겨졌다.

나는 오른손을 내밀어 어머니의 손을 쥐어주었고, 어머니는 내 손에 눈물 젖은 뺨을 살그머니 갖다대었다. 이때까지 어머니가 보인 행동 중에서 가장 여성스러운 행동이었다. 그런 상태로 우리 모자는 한참 동안 아무 말 없이 앉아 있었다.

잠시 후 어머니는 고개를 들더니 눈물을 닦은 손수건으로 코를 '헹' 하고 풀었다. 나는 마음이 놓였다. 어머니가 코를 '헹' 하고 풀 때면 기쁨, 슬픔, 분노 할 것 없이 어떤 감정이라도 끝장을 보게 마련이었다.

"야들아, 고기 싸라 카는 거 우째 됐노?"

어머니는 조금 전까지 통곡한 여자라고는 도저히 믿어지지 않는 태도로 주방 쪽에다 대고 소리쳤다.

나는 속으로 미소 지었다. 전쟁의 재앙을 포함해서 세상의 어떤 재앙이라도, 남편의 배신을 포함하여 세상의 어떤 배신이라도 어머니라는 여자의 가슴속에서는 오래 견뎌내지 못하리라는 생각이 들어서였다.

가족들과 같이 며칠 후 다시 찾아뵙겠다 약속하고 어

머니와 헤어졌다. 택시에 올라타 시동을 걸고 미터기를 철컥 꺾었다. 빈 차로 가느니 이왕이면 서울행 승객을 태우고 가 수입을 올릴 작정이었다. 사실 나는 지금 과거 어느 때보다 돈이 필요했다. 오늘 밤도 여느 날 밤과 같이 내가 중국에 다시 가 아버지를 만나 뵙고 내가 전해주는 돈을 받아 쥐며 기뻐하시는 아버지의 모습을 꿈속에서 뵐는지 모른다.

그러나 오늘 밤은 다른 꿈을 꾸고 싶다. 미래 한 시점, 우리 세 식구가 한자리에 모인 데서 아버지가 어머니에게 용서를 구하고, 어머니는 코를 '헹' 하고 푼 다음에 아버지를 용서하는 꿈이다. 세월의 흐름이 망각을 불러일으키지 않는다면, 세월의 흐름이 용서를 동반하지 않는다면, 그리고 그것이 새로운 미래를 받아들이지 않는다면, 세월의 흐름은 죽음을, 한 서린 죽음을 맞이할 뿐이라는 것을, 나는 몰랐지만, 어머니는 당연히 알고 계실 것이다.

편집자 주

1) 현재 중국에 거주하는 조선족은 약 2백만 명으로 추산된다. 조선족 인

구 분포는 둥베이(東北) 3성인 지린성, 헤이룽장성, 랴오닝성 등 만주
지역에 집중되어 있고, 그중 지린성 동부의 옌볜 조선족 자치주에 약
80만 명이 밀집되어 있다. 만주 지역에는 이미 기원전 24세기경에 한
국인의 조상이 되는 민족들이 살고 있었고, 그 후 역사적으로 고조선,
부여, 고구려, 발해 등 우리 민족이 점유하다가 발해 멸망 후 북방민족
의 지배하에 놓이게 되었다. 이후 17세기 말부터 조선인들이 만주 지
역으로 이주하기 시작했고, 조선에서는 두만강 건너편의 조선인 거주
지를 간도라고 불렀다. 1885년 청나라 정부가 '조선인 만주 이민 금지
령'을 철폐하면서 조선인들의 만주 유입이 크게 늘었다. 그 후 1910년
대한제국이 일본에 강제 합병당하자 일제의 토지 수탈로 농지를 잃은
조선 농민, 일제의 탄압으로 조선 내에서 독립운동이 어려워진 독립운
동가들 등 다채로운 계층의 조선인이 만주 지역으로 이주했다. 1932년
만주국을 세운 일본의 이민 정책으로 만주국으로 이주하는 조선인이
급증했으며, 1945년 해방 당시에는 만주 지역 내 조선인 인구가 216만
명에 달했고, 해방 후에는 절반 가까이 한반도로 귀국했다.(56쪽)

2) 같은 성(姓)을 가진 사람들이 친목을 위해 이루는 모임.(57쪽)

3) 좌익인사 교화 및 전향을 목적으로 1949년 국민보도연맹이라는 단체
가 조직되었는데, 가입자 수가 30만 명에 달했고, 서울에만도 거의 2
만 명에 이르렀다. 이때 전향을 약속한 사람에게 보도연맹증을 나누어
주었다.(64쪽)

4) 〈Oh, Danny Boy〉. 1913년에 나온 잉글랜드의 포크송으로 프레드릭 웨
덜리가 작사했고, 가락은 북아일랜드의 전통 가락인 런던데리 에어
(Londonderry Air)이다.(69쪽)

5) 당시 군용트럭은 도난방지 목적으로 사람이 차 밑으로 들어가야만 휘
발유를 빼낼 수 있게 되어 있었다.(69쪽)

6) 1980년대 말에 시작된 중국동포의 한국 방문은 1992년 8월 24일 한중
수교 이전까지는 한국에 있는 친척의 초청장이 있어야만 가능했기 때
문에 당시 초청장은 중요한 역할을 했다. 이때 중국동포들이 한국에
들어와 한약재 장사를 하거나 노동자로 일하면서 중국에서보다 상대
적으로 큰돈을 벌게 되자, 조선족 사회에 '코리언드림'이 생겨나기도
했다.(70쪽)

작품해설

소설로만 쓸 수 없는 분단소설

김윤식(문학평론가, 서울대학교 명예교수)

1. 경제학과 출신 소설가 홍상화

통섭이란 말이 화두가 된 지 상당한 시간이 경과되었다. 구체적으로 그것이 우리 손에 닿게 된 것은 모르긴 해도 최근의 일이 아닌가 싶다. '융합과 통섭의 지식 콘서트'『경제학, 인문의 경계를 넘나들다』, 『건축, 인문의 집을 짓다』, 또 수학·클래식·과학·의학 등으로 이어지는 기획도 그 일환일 것이다.

일반적으로 인문학이란 인간의 사상과 문화를 대상으로 하는 학문 영역을 가리킴이거니와, 따라서 문학·역사·철학 외에도 경제학이나 건축학, 수학 등과 같이 인간의 삶을 위한 모든 학문에는 인문학적 바탕이 깔려 있다. 문예지『한국문학』의 발행사에서 펴내고 있는 '융합과 통섭의 지식 콘서트'라는 학문 시리즈는 단연 돋보이는 기획물이 아닐 수 없다.

두루 아는바『한국문학』은 소설가 김동리가 1973년 창간한 순문예지이다. 이를 이어받아 주관해온 인물이 바로 홍상화 씨이다. 홍씨는 널리 알려진 작가다. 그러나 홍씨가 경제학과 출신임을 아는 사람은 많지 않다. 당초부터 홍씨는 통섭을 염두에 두고 또 실천해온 작가이다. 장편『꽃 파는 처녀』(1989)는 실화에 근거한 것으로 영화화(〈피와 불〉)되기도 했고, 홍씨가 시나리오까지 직접 썼다. 무엇보다도 그것은 남북한에 걸친 극적 현실을 다룬 것이기에 통섭·융합 작품이 아닐 수 없다. 발표 당시 그 소설을 읽고 또 영화까지 본 필자이지만 그것이 통섭·융합의 원리에서 나온 것임을 알지 못했었다. 더욱이 그 소설이 일역되어 일본 도쿠마문고(德間文庫)로 출간되었던 것이니까, 이 역시 융합·통섭의 원리선상에 놓인 것이 아니었던가.

장편『거품시대』전 3권(서울올림픽을 몇 달 앞둔 1988년 봄에서 1990년 겨울까지의 시대상을 다룬 것으로, 1993년 여름부터『조선일보』에 연재)에 오면, 제5공화국 위기에 몰린 한국 사회 속 경제인들의 허상을 추적했었다. 경제학과를 나오지 않은 사람으로서는 엄두를 낼 수 없는 것이었다. 경제 관계 학과를 아니 나온 작가도 자료 수집, 현장 조사 등에 의해 쓸 수는 있지만 그런 것과 홍씨의 작품은 질적으로 다르다. 곧 자연스러움, 몸에 밴 것이 그것. 가령『거품시대』의 한 장면. 재벌 결혼식에 참석한 경우, '축의금 사절'이라는 간판과는 달리 위층에서 따로 친소 관계 또는 이익순에 따라 거액의 '축의금'이 오가는 일 등등.

이러한 자질의 홍씨가 이번엔 달랑 단편 두 편만을 선정했다. 고희를 훌쩍 넘어선 홍씨는 어째서 수많은 중단편(그중엔 이수문학상 수상작「동백꽃」이 있다)을 물리치고 이 두 편을 선정했을까.

이제야 홍씨의 말을 진지하게 들어볼 차례가 왔다.

"오늘 아침「외숙모」,「어머니」두 단편을 수정해서 EMS로 보냈다. 이젠 자신하고 만족한다. 마지막 수정 절차만 거치면 너희 다음 세대가 읽을 소설이다……. 드디어 내 사후에 남을 만한 소설을 썼다고 자신한다."

이상은 내가 루앙프라방(라오스)에서 그곳의 장기 체류를 알선해준 넷째 딸에게 보낸 문자 메시지이다.

내가 두 소설에 대해 왜 그런 자신을 보였는지 모르겠

다. 아마도 두 소설 공히 20여 년 전에 처음으로 원고지에 옮겨졌기 때문에, 이젠 내 나이 때문이라도 더 이상 향상시킬 수 없다는 잠재의식이 있었는지도 모르겠다.(4쪽)

"드디어 내 사후에 남을 만한 소설을 썼다고 자신한다"고 했겠다. 어째서? "너희 다음 세대가 읽을 소설"이니까. 흡사 그것은 이효석의 단편 「메밀꽃 필 무렵」(1936)이 옛날 장터를 경험하지 못한 세대에 애환을 느끼게 했듯이, 사후에 남을 자신이 있다고 한 두 소설 「외숙모」와 「어머니」로 동족상잔의 전쟁을 잊어버린 세대에 전쟁이 가져다준 또 하나의 삶의 진실을 경험하게 할 수 있다면 더 이상 바람이 없겠다는 것. 이런 말은 어쩌면 평범한 말솜씨에 불과하다고 볼 수 있다. 그러나 고희를 넘어선 홍씨의 인생 체험에서 나온 것이어서 독자로 하여금 문득 가슴을 뭉클하게 한다.

그렇지만 이것이 단순히 나의 지나친 바람으로만 끝난다고 하더라도 크게 실망할 일은 아니다. 그것은 내가 인생살이에서 경험한 수많은 실패 중의 하나에 지나지 않고, 그리고 이제는 더 많은 실패를 경험할 시간도 없기 때문이다.(5쪽)

"이제는 더 많은 실패를 경험할 시간도 없기 때문"이란 말에 천금의 무게가 실려 있다.

그렇다면 분명해지는 것은, 두 작품 「외숙모」와 「어머니」가 지나친 바람으로 쓰였다는 것. 이제 더 많은 작품을 쓸 수 있는 시간이 없다는 것.

이는 「외숙모」와 「어머니」가 걸작이나 수작이라고 내세우기 위함이 결코 아니다. 6·25와 두 여인, 곧 가족주의에 기반을 둔 것이다. 어째서 6·25라는 동족상잔 속에 낀 '두 여인의 6·25'를 경험하는 것에서 융합과 통섭이 가능했을까. 정작 남자들, 조부, 부, 친삼촌, 외삼촌 등은 어디로 갔던 것일까. '가문주의'와 '가족주의'는 어떤 맥락을 갖는 것일까.

이 물음에 작가 홍씨는 꼭 보여주고자 한 것이 있다. 경험이 그것이다. 철날 무렵 6·25를 당해 피난 간 경상도 모처에서 이 소년은 그를 돌본 여인과 그곳 자연을 경험했다.

문학적으로 말해 경험의 기억은 바로 묘사에 직결된다. 묘사 없이는 소설이 성립되지 않기 때문이다. '이야기'와 소설은 엄연히 다른 것이다.

자, 여기까지 왔으면 이제 두 소설 속으로 들어가보기로 한다.

2. 능바우 가는 길

40년 전, 그러니까 6·25전쟁 때 열 살 된 소년이 현재는 소설가로 온 힘을 쏟아 여의도광장이 내려다보이는 집필실에서 살아가고 있다. 경제학을 전공한 그는 어째서 사장도, 변호사도 아니고 하필 소설가를 선택했을까. 필시 거기에는 그만이, 또 그가 아니고서는 절대로 할 수 없는 '그 무엇'이 있었던 까닭이다. 그러나 '그 무엇'을 소설 속에 담으려 할 때는 늘 쓰다 말다 가물가물할 뿐이었다. 그때, 전화벨이 울렸다.

성백희가 자기 남편이라고 했다. 바로 외숙모. 동네 사람들과 한강 유람선을 타고 구경하러 서울에 왔다는 것. 한강 유람선을 돌고 내릴 때 나루터에서 만나자고 한다.

40여 년 동안 외숙모와 연락이 없었던 사연은 어떠했던가.

서울에서 대학을 다니던 외삼촌은 늙으신 부모님의 권유에 따라 6·25전쟁이 터지기 전 겨울에 고향 능바우에서 혼인을 치렀다. 신부는 능바우에서 70리쯤 떨어진 점촌 양가 출신의 규수였다. 외삼촌은 능바우에서 신혼생

활을 2주일도 못하고서 학교로 돌아갔다. 그런데 그 후
6·25전쟁이 터져 서울이 함락되자 인민군에 의해 의용군
으로 끌려간 외삼촌은 생사 여부가 확인되지 않는 처지
에 놓였다.

　반면 외숙모는 남편 소식을 애타게 기다리며 시부모
님을 모시고 독수공방을 지켜온 것으로 안다. 그런 외숙
모가 1953년 여름에 시가 누구한테도 말 한마디 하지 않
은 채 옷가지를 싸가지고 집을 나갔는데, 그 사실을 나는
1952년 능바우를 떠난 지 3년여 후 우연히 들었다. 그리
고 외삼촌이 아마도 북한으로 끌려간 것 같다고, 외삼촌
을 마지막으로 목격한 동료 의용군이 외가에 소식을 전해
주었다는 말도 들었다. 그 후 외삼촌에 대한 어떤 소식도
들을 수 없었고, 외가 식구들은 외삼촌이 북한에서나마
살아 있기를 바랄 뿐이었다.(12~13쪽)

　소설가는 능바우(능암리)의 전경이 한순간 온몸으로 스
며왔었다.

　매서운 겨울바람이 휘몰아치는 능바우 들판이 눈앞에
그려졌다. 잘린 벼포기가 듬성듬성 보이는 얼음판 위에서
썰매를 타던 열 살 때의 내 모습이 되살아났다. 6·25전쟁

이 난 후 처음 맞았던 혹독한 겨울 어느 날, 경상북도 상주에서 20리 정도 떨어진 능바우, 나지막한 산을 배경으로 백여 가구가 옹기종기 모여 있는 마을이었다.

내가 능바우에 대해 가슴속에 특별한 느낌을 품고 있는 이유는 1·4후퇴 직후부터 1년 반 동안 가족과 떨어져 그곳에 머물렀기 때문이다. 그 후 학창시절 방학 때면, 특히 겨울방학 때면 자주 능바우에 갔다. 겨울방학은 내 유년시절에서 가장 빛나는 시기라 할 수 있다. 그래서 대구·서울·부산, 그리고 외국 등의 도시에서 인생의 대부분을 보냈지만 외가가 있는 능바우가 유일한 내 마음의 고향이라 해도 과언이 아니다.

어쩌면 인생의 대부분을 시골에서 보낸 어느 누구보다도 능바우에 대한 나의 애정은 더 깊을 것이다. 지금 다시 생각해보니 그 이유는 여러 가지가 있을 것 같다. 내가 성년이 되기 전 장기간 가족과 떨어져 있었던 유일한 경험이었다든지, 한창 감수성이 예민한 시기였던 나의 뇌리 속에 깊게 파고든 시골의 정경과 인정 때문이었다든지, 오랫동안 시끌벅적한 도시생활을 하다 보니 나이가 들면서 점차 도시에 염증을 느끼게 되었다든지, 여하튼 1년 반 동안 지낸 능바우에서의 생활은 내게 특별했다. 내 소설 여러 곳에서 배경 무대로 등장할 만큼 능바우는 내 정신

세계의 원형이었다.(14~15쪽)

능바우란 경상북도 상주에서 20여 리 떨어진 산촌마을. 소설가는 여기서 1년 반 동안 지냈다. 이 소년을 아들처럼 보살핀 것이 바로 외숙모. 결혼 직후 6·25가 나서 남편이 의용군으로 이북으로 끌려간 그 외숙모. 능바우의 체험을 소설가는 작품으로 쓰지 못했다. 어째서? 소설가의 정신세계의 원형이니까.

잠깐, 그 원형이란 무엇인가. 그 한 자락을 소설가는 이렇게 작가노트에서 적었던 것.

……열 살 난 소년에게도 1·4후퇴는 찾아왔다. 집안 어른들의 의견에 따라 동생은 가족과 함께 피난을 떠나고, 소년은 부모와 떨어져 외가로 보내졌다. 자손을 하나라도 남기려면 두 형제를 따로 떼어놓아야 한다는 할아버지의 지론 때문이었다.

소년은 남편과 사별해 일찍이 혼자가 된 이모를 따라 외가가 있는 경북 상주의 능바우로 가게 되었다. 소년은 한강을 건너와 영등포역에서 곳간차에 탄 이모와 떨어져 열차 지붕 위에 앉아 갈 수밖에 없었다.

소년은 소란스럽고 몽롱한 가운데 잠이 들고 깨어나기

를 반복했다. 자다가 눈을 뜨면 기차가 요란한 소리를 내
며 광활한 암흑 속 들판을 가로지르고 있었다. 그럴 때면
소년은 달리는 곳간차 지붕 위에서 뛰어내려 그대로 걸어
갈 수 있을 것만 같았다. 그래서 벌떡 일어나 컴컴한 들판
에 발을 내디뎌보려 한 적이 한두 번이 아니었다.

　하늘이 도왔는지 달리는 곳간차 지붕에서 암흑 속 들판
으로 뛰어내리지 않은 소년은 김천역에 무사히 도착했다.
그곳에서 곳간차 안에 탔던 이모를 다시 만날 수 있었다.
그러고도 한참 시달린 끝에 김천에서 꽤 먼 상주에 내렸
다. 그곳에서 트럭으로 20리나 북쪽으로 달려가 성씨들이
모여 사는 능바우로 가게 되었다.(15~16쪽)

　……성의식의 미망인 소식은 가슴 아픈 것이었다. 성의
식의 부인은 신접살림 몇 달 만에 의용군으로 끌려간 남
편 대신 시부모님을 모시고 평생을 청상으로 지낼 각오를
했다.

　그녀는 조금도 슬프지 않았다. 혼자 달랑 외가로 피난
와 고아가 된 큰시누이의 열 살 된 아들과 평생을 지내기
로 단단히 마음먹었기 때문이다. 낮에는 들일을 나가 그
아이에게서 국군과 인민군의 군가를 배웠고, 밤에는 등
잔불 밑에서 아이에게 유행가를 가르치며 함께 소리 죽여

불렀다. 갈수록 정이 더해지던 어느 날, 죽은 줄 알았던
아이의 아버지가 나타나 아이를 데려갔다. 그날 밤 유난
히 휑뎅그렁해진 방에 앉아 있으려니 온통 세상이 무너지
는 듯한 슬픔과 외로움이 몰려왔다. 그녀는 더 이상 견딜
수가 없어 집을 뛰쳐나왔다. 지나가는 버스를 무작정 세
워 올라탔다.

　운전기사가 종점이라고 하는 곳에 내리기는 했지만 밤
길이라 어디가 어딘지 분간할 수 없었다. 어쩔 수 없이 그
운전기사가 안내하는 여인숙에 들었다. 바로 그때의 운전
기사가 지금의 남편이었다. 나중에 알고 보니 새 남편은
밤낮없는 술주정에 걸핏하면 살림을 부수고, 심지어는 손
찌검까지 했다. 그럭저럭 30년 가까이 참으며 딸 하나와
그 아래로 두 아들을 두었다. 미망인은 몇 년 전 공장에
취직을 하겠다고 서울로 간 딸이 언제부턴가 짙게 화장한
얼굴로 고향을 찾아오고, 시집갈 생각은 아예 하지도 않
는다고 걱정했다.(20~22쪽)

　작가노트의 이 대목에서 성의식의 미망인은 외숙모를,
"혼자 달랑 외가로 피난 와 고아가 된 큰시누이의 열 살
된 아들"은 소설가인 그를 가리킴인 것.

　고아가 된 열 살 난 조카를 자식처럼 보살피며 안정을

찾았는데, 그 아비가 찾아와 데려가자 외숙모는 가출, 재혼, 남편 사별, 여사여사.

그 외숙모의 삶을, 즉 40여 년 전 6·25전쟁이 나기 전부터 외숙모의 머릿속을 직접 느끼고 그 느낌을 글로 옮길 수 있다면 "한 편의 빛나는 분단소설"이 될 수도 있지 않을까. 소설가는 이런 생각을 품는다.

분단소설! 이 나라 소설사를 조금이라도 아는 사람이라면 1950~1960년대의 중심부가 바로 분단문제임을 알 것이다. 그다음 1970년대 이후엔 노사 문제가 또 중심부를 이루게 된다.

이 분단소설에서는 소설가 홍상화 씨의, 그만이 경험한 아주 특별한, 또 거창한 문제가 있었다. 여기서 거창하다는 것에 설명이 없을 수 없다. 곧 장편『꽃 파는 처녀』가 그것. 북한 화폐에 등장하는, 주석이 가장 아낀 배우가 바로 홍씨의 재종누이 된다는 사실. 이는 소설이 아닌 '실화'다.

마침내 12시 선착장에서 외숙모를 만난다. 외숙모의 부탁은 단 한 가지. 능바우에서 살게 해달라는 것. 방 한 칸이면 된다는 것. 마침 어머니 소유이므로 흔쾌히 받아들이기로 한다.

그런데 소설가는 이런 장치를 넣는다. 물론 이는 상상

력에 의한 것.

"외삼촌 소식은 알고 있지예?"

"전혀 못 들었는데요."

"이북에서 잘 있십니더……. 내달 말에 서울에 온다 카데예."

"네?"

"잘 모르실 낀데, 성(姓)까지 바꿔서 진짜 모를 낍니더."

"어떻게 바꿨는데요?"

"연(延)씨로 바꿨대예……."

"……."

"외삼촌은 꼭 약속을 지키는 사람입니더……. 지가 40여 년 전 능바우를 떠나기 전 말이지예. 외삼촌이 같이 의용군으로 끌려갔던 사람 시켜서 지한테 편지를 전했십니더. 그때 외삼촌이 집을 나가라 캐서 나갔고예……. 그라고 환갑 때는 꼭 돌아와 외삼촌 환갑 잔치를 능바우 집에서 하겠다 캤십니더. 내달 말일이 외삼촌 환갑날 아입니껴? 그래서 능바우 집에서 기다릴라꼬예."

"……."

"외삼촌이 이북에서 총리가 되었십니더. 내달에 이북 총리가 서울에 오기로 된 거 아시지예?"

"예."

"성을 바꿔도 마 나는 몬 속이는 기라예. 키가 크고 잘생긴 얼굴이 어데 갑니껴?"

"연 총리가 바로 외삼촌인가요?"

"그렇십니더. 이제 아시겠지예. 참말로 약속은 꼭 지키는 사람입니더."

둘 사이의 대화가 여기에 이르자 '나'는 외숙모가 정상적인 정신상태가 아님을 알게 된다.

소설의 구상이 여기에 이르렀을 때 유람선의 엔진 소리가 요란하게 들려왔다.(35~36쪽)

소설가 홍씨의 실력은 바로 문학적 장치의 도입인 것에서 왔다. 문학적 장치란 곧 이런 것.

제2차 세계대전 중 전투기 조종사가, 위문품으로 보내온 S. 몸의 『인간의 굴레』라는 소설을 읽고 절체절명의 순간을 넘겼기에, 위문품을 보내준 도서관 사서에게 편지를 보내고 서로 답장을 자주 했다. 조종사는 큰 용기를 얻었으니까. 전쟁이 끝나고 뉴욕으로 귀국한 조종사는 그녀를 만나고자 한다. 그녀는 흔쾌히 승낙하고 정오에 뉴욕 중앙역에서 만나기로 한다. 가슴에 붉은 장미를 꽂고 나오는 여자가 자기라는 것. 그러나 정작 가슴에 장미를 꽂은 여인은 중년이었다. 실망했으나 가서 인사를 하자 중년 여인은 이렇게 말하지 않겠는가. 이봐, 청년. 나는 영문을 알 수 없네. 저기 서 있는 미모의 처녀가 시키는 대로 했으니까. 「사랑의 약속(The Appointment of Love)」이라는 소설의 결말이다. 상상력 아닌 현실 속의 외숙모를 만나자 어떠했던가.

그 순간 남·북 적십자사 간에 몇 달 후 남북 이산가족 상봉에 합의했다는 며칠 전 신문기사가 떠올랐다.

"외숙모님, 통일원에서 이산가족 방문 신청을 받는다는데 한번 신청해보시지요."

"필요 없심더. 살아 있다 카믄 아들딸 놓고 잘살 끼고, 죽었다 카면 할 수 없는 기고……."

"생존해 계시다면 만나보셔야지요."

"만나면 뭐할 끼요!"

"그래도……."

"나를 노인 동무라고 부르면 우짤 끼요, 안 만나는 게 낫지……."

외숙모는 미소 지으며 말했다. 그 은은한 미소 속에 자신의 젊음을 삼켜버린 세월의 흐름을 야속해하는 여인의 마음이 묻어 있었다. 아직도 외숙모의 기억 속에는 젊은 외삼촌의 모습이 그대로 남아 있을 거라는 느낌이 들었다.

"노인 동무라고 부르시지 않을 거예요."

"현 선상님이 우째 아능교?"

"외숙모님이 너무 젊게 보이세요."

그렇게 외숙모에게 말한 후 곧 덧붙였다.

"외삼촌이 외숙모님을 여성 동무라고 부르실진 모르지요."

외숙모는 잠깐 생각에 잠기는 듯했다. 왠지 모르게 난감한 표정을 지었다.

"그라믄 지는 우째 불러야 합니껴?"

"노인 동무라고 부르세요."

"와요?"

"지금쯤 폭삭 늙으셨을 거예요."

"그걸 우째 아능교?"

"그 동네 살면 그렇게 늙게 되어 있어요."

나는 미소 속에 외숙모의 손을 잡으며 말했다. 외숙모가 무슨 말을 하려다가 머뭇거렸다.

"그리고 외숙모님을 항상 그리워하고 계실 거예요. 만족시키지 못하는 그리움은 사람을 늙게 하지요."

내가 마치 외삼촌을 근래에 뵙기라도 했듯이 자신 있게 말했다.

"그라믄 한번 신청해보믄⋯⋯."

외숙모가 나를 올려다보며 말문을 열었다가 얼버무렸
다.(41~43쪽)

이산가족 신청을 대신 해주겠다는 소설가의 말을 얼버
무리고, 동네 일행을 따라 선착장을 떠나는 외숙모. 버
스로 달려간 소설가는 능바우 골방에서 함께 불렀던 노
래 〈타향살이〉를 외웠다. 버스는 외숙모의 노래를 싣고
떠난다.

세월, 바로 그 속에서 분단 문제도 인생도 함께 흘러가
는 것. 이를 6·25 경험 없는 다음 세대에게 어떻게 전할
것인가. 이 소설은 이 점을 온몸으로 묻고 있다.

3. 몰락한 지조 높은 홍씨 집안, 보신탕집 하는 어머니

이번엔 그 외숙모가 서울에서 멀리 떨어져 있는 강원
도 춘천에서 보신탕집을 운영하고 있다면 어떠할까. 그
아들은, 서울의 한 변두리 야간업소 색소폰 연주자라면
어떠할까. 이 아들의 아버지는 어디 있을까. 바로 본격
적인 이산가족 문제. 이산가족 상봉 문제.

태중의 아이를 팽개치고 중국에서 이북으로 간 아비. 그 아비의 얼굴도 모르는 아들이 그를 아비라 부를 수 있을까. 그 아비가 북한의 고위층 인사라면 어떠할까. 가령 경제총리 연형묵처럼.

그래도 아들은 아비를 만나야 한다. 어째서? 아비니까! 핏줄.

그렇다면 보신탕집 하는 어머니는 그녀를 버린 남편을 어떻게 느껴야 할까. 바로 가족주의, 가문주의. 분단 문제.

자, 이제 소설 속으로 들어갈 차례. 소설은 언제나 구체성, 곧 묘사로 성립되는 것이니까. 이야기와 다른 묘사의 힘. "왕이 죽자 왕비도 따라 죽었다"가 아니고, "왕이 죽자 그 슬픔으로 왕비도 죽었다"가 그 차이점이니까.

작중 화자인 '나'의 이름은 인구. 카바레에서 색소폰을 연주하며 근근이 살아가는 이 아들이, 보신탕집 하는 어미에게 망설이다 마지못해 내놓은 편지. 아버지의 편지라고 하면서.

그립고 보고 싶은 금자에게.
네가 보낸 편지는 6월 26일에 반갑게 받았다……. 꿈

결에도 그립던 인구의 편지! 이 어찌 다만 일장서신으로
만 맞이하였으랴! 나의 감상은 꿈이 아닌가 하고도…….
그러나 엄연한 현실 앞에 나의 정신세계는 다시 맑아졌
다…….

금자야! 사진도 받았다!

그곳 일가친척들 모두 편안히 지내고 있으리라고 나는
굳게 확신한다. 이곳 우리들도 위대한 수령 김일성 원수
님의 따뜻한 품속에서 보람차고 행복한 나날을 보내고 있
다…….

금자야! 나는 너희들과 상봉하는 그날을 항상 머릿속에
그리며 동의서를 고대한다. 동의서를 받아가지고도 려권
수속 하는 기일을 고려해주기 바란다.

금자야! 우리 서로 다시 만나서, 그리고 인구와도 그리
운 회포를 나눌 그날을 앞당기기 위하여 힘써나가자…….

1991. 6. 29.
작은아버지 씀
(54~55쪽)

금자는 누군가? 인구의 어머니가 편지를 보면서 반응
한 첫마디였다.

내 손을 잡으며 일어서는 어머니의 표정을 살폈다. 어머니의 표정은 놀라움이 아니라 두려움으로 차 있었다. 아버지가 북한에 생존해 계시고 편지까지 보냈다는 사실에 놀란 게 아니라 혹시 내가 북한과 연루되어 무슨 피해를 볼까 봐 두려워하는 것 같았다.

"괜찮심더. 한번 읽어보이소."

나는 어머니 앞으로 첫 번째 편지를 내밀었다.

"금자가 누고?"

어머니는 편지를 받아 들면서 아버지 편지의 수신자로 된 금자누이에 대해 물었다.

"금자누이는 중국 류허(柳河)에 사셨던 큰아버지의 딸입니더. 큰아버지하고 아버지 두 분이 중국 류허에 계시다가 해방되던 해 아버지만 귀국했다 캅니더."

"……."

"큰아버지는 톈진(天津)에서 배를 타기 전 류허에 버리고 온 땅을 잊지 못해 다시 돌아갔다 캅니더……. 큰아버지는 원래 농사꾼이고, 아버지는 선비 아입니껴?"

언문을 깨칠 정도의 교육 이외에는 신식 학교를 다녀보지 못한 어머니에 비해 사범학교를 나와 6·25전쟁이 나기 전까지 보통학교 선생을 한 아버지를 지칭해 나는 어머니가 묻지도 않는 말을 내뱉었다. 어머니는 못마땅

한 표정으로 나를 쓱 한번 훑어보더니 다시 편지를 읽기
시작했다.

"니도 편지했나?"

편지에서 시선을 뗀 후 나에게 물었다.

"예, 아버지한테 했심더."

"금자가 니하고 우째 연락됐노?"

"금자누이가 류허에서 우리 집안 족보를 우연히 보게
되어 '화수회'를 통해 연락됐심더. 아버지하고 금자누이는
서로 서신 왕래가 있었는데, 아버지가 남조선에 아이가
하나 있는데 아들인지 딸인지 모르겠다고 하시며 몹시 걱
정하고 계셨다 캅니더."(56~57쪽)

금자는, 그러니까 중국 국적을 가진 여인으로 인구 아
버지의 형의 딸. 인구와는 사촌오뉘 관계.

인구의 아버지는 1950년 9월, 고향인 경상남도 함양에
서 교사로 있다가, 퇴각하는 인민군을 따라 북으로 갔던
것. 인구가 태어나기 한 달 전이었다. 이데올로기, 곧 좌
경사상에 기울어진 교사였기 때문이었을 터.

그러나 어머니의 생각은 전혀 달랐다. 아버지의 두 번
째 편지를 읽고는 더욱 그러했다. 두 번째 편지는 이러
했다.

전번에 인구한테서 7월에 온 편지를 받아보았다…….
지금 인구가 나를 얼마나 그리워하고 있는가 하는 것은
나에게 보내온 편지 사연이 잘 말해주는구나. 나는 언제
나 잠들기 전에는 인구에 대한 생각이 머리를 떠나지 않
는다. 꿈에도 그리운 혈육지정! 서로 얼굴조차 알지 못하
고 오랫동안 가슴 아파하는 회포를 나누게 될 날이 반드
시 오리라고 나는 확신하고 있다.(59쪽)

"혈육지정은 무슨 노무 혈육지정"이라고 어머니는 내
뱉는다. "사상에 미친 빨갱이가 이제 와서 뭐라 카노?"
라고. 지식인으로서의 양심 때문에 아내도 뱃속의 아이
도 뿌리친, 혈육까지 희생시킨 아버지가 아니었던가. 인
구는 참으로 어머니를 어떻게 대해야 할지 막막했다. 그
러나 아비를 만나러 떠나려는 인구에게 돈을 주지 않겠
는가.
　드디어 아버지와 아들은 중국에서 만났다. 금자누이가
아버지에게 초청장을 보냈고, 아들이 먼저 금자누이 집
에서 3개월을 기다린 끝에 아버지와 아들이 마침내 만난
장면.

　"동생, 작은아버지가 오셨어."

금자누이가 고함을 치며 달려오고 있었다. 작은아버지…… 작은아버지…… 그럼 아버지란 말인가? 그때서야 나는 달려오는 그녀 뒤로 시선을 보냈다. 몸집보다 유별나게 큰 국민복을 걸치고 검은색 레닌모를 쓴 사람이 그녀 뒤에서 뛰는 듯 걷는 듯 나에게 다가오고 있었다.

나는 뛰기 시작했다. 금자누이를 지나칠 때 "작은아버지가 저기 계셔"라는 말을 귀로 스치며 노인 앞으로 뛰어갔다. 그러나 얼굴을 본 순간 나는 멈칫하고 말았다. 노인의 얼굴이 너무나 생소했다.

무슨 말을 해야 할지, 어떤 행동을 취해야 할지 얼른 생각이 떠오르지 않았다. 아버지를 대하고 있을 용기가 나지 않아 시선을 아래로 떨구었다. 마음을 가다듬고 시선을 들었을 때 담배를 입에 무는 아버지의 모습이 보였다. 나는 라이터를 켜 담뱃불을 붙여드리고 싶었으나 몸이 말을 듣지 않았다. 아버지는 바다 쪽을 응시하며 담배연기를 천천히 빨아들인 다음 공중에다 연기를 내뿜고 있었다.

"너도…… 담배 피워라."

바다 쪽을 응시한 채 아버지가 말씀하셨다. 아버지의 말씀이 들린 후 나는 조금 망설이다가 서너 발자국 뒤로 물러섰다. 그리고 아버지 쪽으로 등을 돌리고 담배를 꺼내 불을 붙였다. 담배연기를 깊숙이 빨아들인 그 순간, 나는 어느 때보다 가슴에 평온함을 불어넣어주는 담배 한 개비에 감사했다.

나는 피우던 담배를 땅에 버리고 뒤돌아서 아버지를 보았다. 아버지의 입술은 미소를 짓고 있었으나 눈에는 눈물이 고여 있었고, 감정을 억누르려는 빛이 역력하게 이마에는 깊숙한 주름이 잡혀 있었다. 아버지가 두 팔을 반쯤 벌렸다. 나는 아버지에게 다가가 살그머니 껴안았다.

"고생이 많았지?"

아버지가 혼잣말처럼 내 귀에 속삭였다.

"아니에요."

나는 아버지를 감쌌던 팔을 살며시 풀고 아버지를 다시 바라보았다. 아버지의 머리 위에 얹힌 검은색 레닌모를 벗겼다. 백발이 바닷바람에 휘날렸다. 내 기억 속에 새겨둔 인자하신 아버지의 모습이 엿보였다. 그러나 아직도 아버지의 모습이 어색했다. 우중충한 연푸른색 국민복에 내 시선이 잠시 머물렀다. 내가 머릿속에 그려왔던 아버지의 모습에 목까지 단추가 채워진 국민복은 분명 어울리지 않았다. 내 시선을 따르던 아버지는 다음 순간 국민복 왼쪽 주머니로 두 손을 가져갔다. 그리고 그곳에 꽂혀 있던 김일성 배지를 풀더니 바지 주머니에 넣으셨다. (73~75쪽)

담담하게 묘사될 수밖에. 아무리 단편이 「메밀꽃 필 무렵」처럼 극적 수법을 노린다 해도 작가 홍상화 씨는 이를 배격하고 장편소설이 행하는 담담함을 도입하고 있어 인상적이다.

아들이 아버지에게 묻고 싶은 말은 무엇이었을까. "三水甲山에 다시 不歸/사나이 속이라 잊으련만,/15년 정분을 못 잊겠네"(「山」 부분)의 김소월 시에서처럼 심중에 남아 있는 한 마디.

"아버지, 어머니하고 어떻게 만나셨어요?"

나는 아버지의 다리를 주무르며 조심스럽게 물었다.

"집안 어른들이 중매를 섰지. 너의 어머니가 미인이라고 주위에 소문이 자자했다. 나하고 일곱 살 차이가 났지."

"어머니 집안은 어땠어요?"

아버지는 의아스러운 표정으로 나를 보았다.

"남양 홍씨 집안이지. 선비 집안이었어. 너의 외조부가 일찍 돌아가셔서 형편이 어려웠었지. 왜?"

내가 왜 어머니 집안에 대해 묻는지 궁금하다는 듯 아버지가 물으셨다.

"아니, 그냥 궁금해서요……. 어머니 젊었을 때 성격은 어땠어요?"

"좀 활달한 편이었지. 할 말이 있으면 꼭 해야지 속에 담고 있지 못하는 성격이었다."

아버지는 과거를 회상하듯 머리를 뒤로 젖히셨다.

잠시 침묵이 흘렀다. 떠들썩한 중국말이 더 시끄럽게 들려왔다.

"어머니는 아버지와 너무나 다른 것 같아요."

나는 아버지가 어떤 반응을 보일지 궁금했다.

"그런 소리 마라. 너의 어머니는 전쟁만 없었다면 그렇게 기구한 인생을 살진 않았을 게다."(84~85쪽)

주목할 점은 "남양 홍씨 집안"이라는 대목. 몰락한 선비 집안. 소설가 홍상화의 그 '홍씨'. 홍상화 씨 가문은 대단한 지식인, 변호사, 사업가.

아들과 아버지가 헤어지는 장면, 이 역시 담담한 묘사가 이어진다.

"이 사진 잘 간직해둬."

아버지가 내 앞으로 한 장의 사진을 내밀며 말했다. 나는 사진을 받아 물끄러미 보았다.

"북조선에 있는 네 동생들이야. 언젠가 서로 만나게 되겠지."

사진 속에는 앞쪽 가운데에 아버지를 두고 뒤쪽에 세 남자와 한 여자가 서 있었다.

"네 첫째 동생은 결혼해 농사를 짓고 있고, 둘째랑 셋째는 직장에 다니고 있다."

아버지가 사진 속의 남자 셋을 하나하나 짚어가며 말했다.

"이 여자 분은……."

아버지가 사진 속의 여자에 대해서는 아무 설명이 없어 내가 말을 꺼냈다.

"북에서 재혼한 여자다."

아버지는 계면쩍어하며 답했다.

"네, 그러시군요. 정말 미인이세요."

"애들 에미는 이 사진을 찍은 다음해에 세상을 떠났다."

아버지가 시선을 딴 곳으로 보내며 말했다.

"어떻게요?"

"몰라, 무슨 병인지. 그냥 시름시름 앓다가 갑자기 죽었지. 워낙 몸이 약해서……."

"연세가 어떻게 되었는데요?"

"지금 살아 있으면 예순이 될 게다. 쉰일곱에 죽었지. 나하고 열 살 차이니까."

나는 사진 속의 여자를 자세히 보았다. 갸름한 얼굴에

원피스를 입고 있는 여자는 사진으로 보아도 굉장한 미인임에 틀림없었다.

"북한 출신이셨어요?"

"아니, 고향이 경상남도지."

"어떻게 만나셨어요?"

"전쟁이 끝난 후 결혼했지."

아버지는 나의 질문에 엉뚱한 답을 했으나 별로 신경쓰지 않았다. 나는 사진을 속주머니에 넣었다.

"어머니한테는 보이지 마라."

아버지는 지나가는 말처럼 말했다. 나는 속으로 웃었다. 그래도 한때 살을 섞었던 여편네라고 질투를 할까 봐 염려하는 아버지의 순진함 때문이었다.

"어머니한테는 보이면 안 돼."

아버지는 다시 한 번 당부했다. 나는 그러겠다는 표시로 아버지의 손을 꼭 잡아드렸다.(88~90쪽)

중국에서 돌아온 인구는 7개월 동안 춘천 어머니를 찾아가지 않았다. 왜? 잠깐, 여기에는 여사여사한 사연이 있다. 금자의 남편 등에게 한국 방문 초청장을 보내는 일들. 그때는 돈이 엄청 드는 것이었다. 색소폰 연주로는 어림도 없이 택시 기사로 뛰었고, 아내는 파출부로 내보낼 수밖에.

7개월 만에 찾아간 어머니의 반응은 이러했다.

"중국에서 아버지 만나뵀심더."

나는 어머니의 표정을 살폈다.

"그래? 건강하제?"

40년이 넘게 헤어져 있던 남편의 안부를 묻는 말투라기
보다 먼 친척 어른의 안부를 묻는 말투였다.

"예, 아주 건강하십니더."

"그노무 영감태기 복도 많지……. 아 참, 에미 줄라고
스웨터 하나 사두었다. 가지고 가거라."

"아버지는 북한에서 결혼해서 잘살고 계십니다."

어머니가 이미 알고 있는 사실이지만 다시 얘기해주었
다.

"애들한테도 뭐 사주어야 되겠는데, 뭐가 좋을꼬……."

"아들만 셋이 있고요."

이것도 이미 아는 사실이지만 덧붙였다.

"공책하고 필통 사줄까?"

동문서답을 하는 어머니가 얄미웠다. 다음 순간 지갑에
넣어둔 아버지의 북한 가족사진이 생각났다. 드디어 어머
니의 콧대를 꺾어놓을 기회가 왔구나, 드디어 어머니의

가슴에 못을 박을 수 있겠구나, 하고 나는 속으로 쾌재를 불렀다.

"아버지의 북한 가족사진 보여드릴까예?"

"필요 없다. 집어치라."

나는 지갑 속에 있는 사진을 꺼내 딴청을 부리고 있는 어머니 앞으로 내밀었다. 사진에 시선을 주지도 않은 채 일어나려는 어머니의 팔을 잡고 사진을 어머니 턱밑으로 들이밀었다. 어머니는 사진을 힐끔 본 다음 얼른 시선을 다른 곳으로 돌렸다. 나는 어머니 앞 테이블 모서리에 사진을 내려놓았다.

잠시 후 어머니는 사진을 집어 들었다. 사진을 바라보는 어머니의 미간에 깊은 주름이 잡히더니 사진을 든 손이 파르르 떨렸다. 두 어깨가 허물어지듯 내려앉으며 손에 든 사진이 테이블 밑으로 떨어졌다. 어머니는 어깨를 들먹거리며 킬킬거리기 시작했다. 처음엔 그것을 어머니 특유의 방정맞은 비웃음으로 여겨 못 본 체, 못 들은 체했다. 다음 순간 어머니의 감은 두 눈에서 눈물이 주르륵 뺨을 타고 흘러내렸다.

어머니가 세상이 두 쪽 나도 아들에게 눈물을 보이지 않을 여자라고 믿어왔기 때문에 얼떨떨해졌다. 어머니는 원피스 주머니에서 손수건을 꺼내 양손으로 얼굴을 감쌌다. 그러고는 테이블 위에 엎어지듯 꺼꾸러지더니 조용해졌다. 어머니의 어깨가 처음에는 조용히, 그러다가 곧 격정적으로 흔들리기 시작했고, 커억커억 하는 울음소리가 손수건으로 막은 입에서 새어나왔다.

무슨 연유에서인지는 모르나 너무나 어머니답지 않은 행동이었으므로, 나는 혹시 그것이 근래에 얻은 어머니의 주사(酒邪)일지도 모른다는 생각을 하며 멍하니 앉아 있었다.

"그 여자가 누군지 아나?"

울음을 조금 가라앉힌 어머니가 불쑥 말했다.

"니 아버지가 새장가 든 여자 말이다."

내가 잠자코 있자 어머니가 다시 말했다. 어머니는 테이블에 엎드린 상체를 들더니 바닥을 두리번거리다 사진을 다시 집어 들었다. 사진을 두 손으로 잡고 잠시 보더니 내가 말릴 사이도 없이 갈가리 찢기 시작했다. 그러면서 어머니는 주위도 아랑곳하지 않고 정신 나간 여자처럼 울부짖기 시작했다.

"영감태기가 미쳐도 단단히 미쳤지. 선생이라는 작자가 동료 여선생을 꼬셔가지고…… 사상운동은 무슨 노무 사상운동…… 아이구야 사상운동 좋아하네…… 순진한 여선생 꼬셔가지고 사상운동한다 카고 데리고 다니다 가족 다 팽개치고, 함께 도망간 게 사상운동이가…… 세상이 우예 이리 무심할꼬? 그런 영감태기가 버젓이 살아 있다니…….”

어머니는 다시 엎드려 통곡하기 시작했고 손님들의 놀란 시선이 우리에게로 쏠렸다. 어머니의 통곡은 그칠 줄 몰랐다.(108~111쪽)

이미 어머니는 그 여자도 아버지도 용서하고 있었음을 아들은 직감하고 있었다. 분단 문제도 세월의 흐름을 맞이할 뿐이라는 것을 어머니는 알고 있었던 것.

4. 대형 뮤지컬 〈꽃 파는 처녀〉의 홍영희

여기 지폐 한 장을 공개하면서 이 작품집 해설을 마치고자 한다.

2001년 7월 18일 일주일간 중국 지린성(吉林省)에 있는 지안(集安)을 단체여행을 한 바 있다. 고구려의 옛 수도. 압록강을 앞에 둔 고적한 풍경. 광개토왕비가 인공으로 된 지붕만 있는 채로 공개되어 그 주변에 아무렇게 앉아 사진도 찍을 수 있었다. 우리들은 손으로 비석을 만져보기도 했다.

북한의 1원짜리 지폐 앞면.

북한의 1원짜리 지폐 뒷면.

관광지답게, 만포진을 저쪽에 둔 압록강 사이로 모터보트가 달리고 있었다. 우리 일행도 여러 대로 나누어 타고 북한 가장 가까이까지 달리곤 했다. 거기서 나와 매점에 들러 막걸리를 사 먹고 나오자 홍상화 씨가 보이지 않더니 한참 뒤에 나타났다. 남들 모르게 필자에게 손에 뭔가를 쥐여주지 않겠는가.

바로 북한의 화폐. 제일 많이 통용된다는 1원짜리. 거기에 여인의 초상화가 들어 있었다. 뮤지컬 〈꽃 파는 처녀〉의 주연 배우.

이름은 홍영희.

필자는 단박에 알아차렸다. 홍상화 씨의 데뷔작 장편 『꽃 파는 처녀』를 상세히 읽었고, 또 이를 영화화한 〈피와 불〉을 대한극장 시사실에서 보았으니까. 그러고 보니 홍상화 씨의 분단 문제 소설은 허구이기 이전에 현실이 아니었을까.

한국문학사 작은책 시리즈 1

전쟁을 이긴 두 여인

초판 1쇄 발행 2014년 3월 10일
3판 1쇄 발행 2014년 10월 15일

지은이 홍상화
펴낸이 홍정완
펴낸곳 한국문학사
주간 홍정균

편집 이은영 배성은 홍주완
영업 한충희
관리 황아롱
표지 디자인 석운디자인
본문 디자인 이선영

121-727 서울시 마포구 독막로 281(대흥로) 한국컴퓨터빌딩 별관 5층

전화 706-8541~3(편집부), 706-8545(영업부) | **팩스** 706-8544
이메일 hkmh73@hanmail.net
블로그 http://blog.naver.com/hkmh1973
출판등록 1979년 8월 3일 제300-1979-24호

ISBN 978-89-87527-36-9 03810